エリート建築士の一途な執愛に
身も心も蕩かされています

目次

エリート建築士の一途な執愛に
身も心も蕩かされています

第一章　理不尽な仕打ちと運命の再会

　カジハンドと大きく黒字で印字された黄色のエプロンを身に着け、堀川菜那《ほりかわなな》は同じ家事代行業者で働いている伊藤沙幸《いとうさゆき》と依頼人の家まで来ていた。

「沙幸さん……現場ってここ、ですよね？」

　菜那は大きな瞳をパチクリさせている。綺麗に纏《まと》められた黒髪のポニーテールが不穏に揺れた。

「え、ええ。名前も住所もあってるわ」

　沙幸はパーマのかかった柔らかそうな髪をかきあげ、キリっと表情を作っているが、声に不安が混じっている。

「沙幸さん、私、カジハンドに就職して以来、最大の壁にぶつかっているかもしれません……」

　菜那がカジハンドで働き始めてもう八年になる。

　幼少期からシングルマザーの母親と二人暮らしだった菜那は、「得意なことはなんですか？」と聞かれたら「家事です！」と即答できるほど日頃から家事を行っていた。仕事でほとんど家にいなかった母親の代わりに掃除や洗濯、料理をしていたからだ。

　でも、それは嫌々やっていたのではなく、少しでも母親の力になりたいという想いからだったので全く苦ではなかった。金銭的にも余裕がなく、大学進学を諦めた菜那は唯一の取り柄である家事を仕事にすべくカジハンドに就職したというわけだ。

「菜那ちゃん、ここは気合を入れていくしかないわね」

「ですね……気合入れていきましょう！」

菜那はクリっと大きな目に力を入れた。身長が百六十八センチの沙幸には敵わないが、百五十二センチの小柄な体を少しでも大きく見せようと、グッと背筋を伸ばす。

「沙幸さん、押しますね……！」

菜那の指先が恐る恐るインターフォンに伸びていく。

えぇいっ！

庭にまでゴミが散乱している一軒家にピンポーンと軽快な音が鳴り渡った。

「……はい」

インターフォン越しに男性のガラガラした声が聞こえた。

菜那はまだ顔も見えない相手にニッコリと笑いかける。

「こんにちは。近藤《こんどう》様のお宅でしょうか？　ご依頼をいただきました、カジハンドの堀川と伊藤と申します。本日はどうぞよろしくお願いいたします」

菜那と沙幸はインターフォン越しに頭を下げた。

「あぁ、家事代行のね。今開けますから」

ガチャリと玄関から出てきたのはボテっと太った中年の男性だ。

「……どうぞ」

近藤が玄関ドアを開いたまま、菜那と沙幸を中へ招き入れる。

「失礼いたします」

ペコリと頭を下げ家の中へ入るも、玄関の時点で足止めを食らった。

うっ……臭い……！

家の中は予想通りペットボトルやコンビニ弁当のゴミが散乱していて、足の踏み場が全くといっていいほどない。ツーンと酸っぱい匂いも充満している。

こ、これは……凄くやりがいがありそうっ！

「近藤様、早速作業を始めさせていただきます」

菜那達は一通りの説明をした後、すぐに掃除へ取り掛かった。

近藤の依頼内容はゴミの処分とキッチン周りの掃除だ。制限時間は三時間と決まっている。正直、三時間で足の踏み場もない床が整頓されるとは思えない。

少しでも多く片付けられるように頑張らなくちゃ！

ゴミ袋を片手に、菜那は玄関のゴミをどんどん袋の中へ入れていく。

「堀川さん。こっちはお願いしていい？　私はキッチンに取り掛かるわ」

「わかりました。お願いします」

顔を見合わせ、沙幸はゴミの道を進み、リビングに続くであろうドアの中へと入っていった。

捨てても捨てても、ゴミがたくさん溢れている。菜那は一度も手を止めず、動かし続けた。

ようやく終わった……凄い量のゴミだったな。

やっとの思いで玄関とリビングのゴミを袋に詰め終えると、全部で七袋分もあった。

よし、次はこれを分別してもらわなきゃ！

菜那の視線の先には、ダイニングテーブルの上にのっている雑誌やお菓子の缶などの小物がある。

「近藤様、だいたいのゴミは処分が終わりましたので、ここからはご一緒に捨てるか捨てないかの判断をお願いしたいのですが、よろしいでしょうか？」

「あぁ」

菜那が近藤に話しかけると、面倒くさそうに腹をガシガシとかきながら近寄ってくる。ゴミがなくなり綺麗になったばかりのダイニングテーブルの椅子に、近藤はドカンッと勢いよく座った。

「早くしてくれ」

威圧的な態度に思わず怯《ひる》みそうになったが、菜那は背筋を伸ばして真剣に仕事に取り組む。

「では、まずこちらのテーブルの上のものから確認をお願いいたします。この雑誌はまだ読まれますか？」

「いや、いい」

「かしこまりました。では次は――」

菜那は一つずつ近藤に確認を取りながら、いるものといらないものを分けていった。

明らかにゴミというもの以外は、きちんと依頼主の確認を取ってから処分するようにしている。

破れている雑誌の一冊でさえ菜那はしっかりと確認していた。

破れていても持ち主にとっては思い出の詰まった大切な宝物かもしれないからだ。

「近藤様、新聞紙もまとめて捨てさせていただきますね」

「あぁ」

小さな声は「どうでもいい」と言っているように聞こえた。

なんかちょっと、やりづらいな……

近藤の態度に違和感を覚えながらも、三時間という時間はあっという間に過ぎた。

菜那と沙幸が近藤の前に並ぶ。

「近藤様、本日はありがとうございました」

「………」

「では、失礼いたします」

近藤からの返事はなかったが、菜那と沙幸は頭を下げて家を出る。

ゴミの処分はすんだものの掃除まで至ることができず、残りはまた次回という話になった。

沙幸と二人で事務所に戻るために車へ乗る。

カジハンドは都内にある小さな店舗だ。

「にしてもさ〜、今回のお客様はかなり手ごわそうじゃない？　家事代行というよりも掃除業者を呼ぶレベルだったと思うんだけど」

運転しながら沙幸はため息をついた。それにつられて菜那の口からもため息が漏れる。

「そうですよね。もう少し片付けできればよかったんですけど、次は綺麗にできるといいなぁ」

「そうね～ゴミ屋敷といえどお客様だし、うちのお店頑張らないと経営やばそうだもんねぇ」

「そう、なんですかね……」

カジハンドは業績不振に陥っていた。社長の鷹田尚美《たかだなおみ》率いるカジハンドの従業員は全六名と小規模だ。ここ数年は大手の家事代行業者に目に見えて客を取られている。会社を継続させるためにゴミ屋敷であろうと、依頼を断るわけにはいかないのだ。

事務所に着き、中に入る。既に他の社員は退社したようで、社長だけが残っていた。菜那と沙幸が帰ってきたことにも気が付かず、社長はパソコンと睨めっこしている。

「社長……？　ただいま戻りました」

菜那が険しい顔をしていた社長におずおずと話しかけた。

「ああっ、二人とも戻ったのね！　お疲れ様！　他の皆はもう帰ったから二人も片付けが終わったら上がって大丈夫よ」

「じゃあ、お先に失礼しまーす！」

沙幸が軽快に更衣室に入り、素早く着替えて事務所を風のごとく出ていった。

「沙幸さん、相変わらず帰るの早い……！」

菜那も更衣室で着替えをすませ、スマートフォンを鞄から取り出す。

メッセージアプリを開き、五年付き合っている彼氏の中島樹生《なかじまたつき》にメッセージを送った。

『今日は会える？』

最近は樹生が忙しくて会えてないもんなぁ。

高校の同級生だった樹生とは五年前の同窓会で再会し、樹生からのアプローチで交際に発展した。

少し不器用で強引なところもあるけれど、高校時代からいつも皆の中心にいる樹生の明るい性格にいつの間にか惹かれていた。

樹生の仕事が忙しく、なかなか連絡が返ってこないこともあるが社会人だからしょうがない。それは理解しているつもりだ。でも、もう二週間以上会えていない。

「返事は来ないかぁ……」

トーク画面を数秒眺めていたが表示は変わらない。

「帰りますか」

スマートフォンを鞄にしまいながら菜那は更衣室を出た。

「では社長、お先に失礼します」

「菜那ちゃん、お疲れ様でした。明日もよろしくね」

ぺこりと頭を下げた菜那を見て社長は優しく微笑んだ。菜那も笑い返して事務所を出る。

「わっ……」

事務所を出るとぱらぱらと雪が降っていた。

手のひらにのせるとじゅわっとすぐに消えてしまうほどの小さな雪粒だ。

「本当に降ったんだ」

季節は二月だが、菜那の住んでいる東京で雪が降るのは珍しい。アスファルトに落ちていく粉雪は瞬く間に水へと変わっていく。

「持ってきて正解だった」

菜那は鞄の中に手を入れた。朝の天気予報で「雪が降る可能性があります」と気象予報士が言っていたので、鞄の中に折りたたみ傘を入れていたのだ。

「う～、寒いっ」

早く家に帰ろう。

菜那は傘を広げて歩き出す。ふわふわと軽い雪は菜那の淡いピンク色の傘に白い模様を施していった。

＊＊＊

真っ赤に染まった冷たい手で、キーケースにぶら下がっている二つの鍵の一つを鍵穴に挿し、アパートに入る。菜那は急いでエアコンのスイッチを入れた。

「まだ返事来てないかぁ」

スマートフォンを確認する。樹生からの返事はまだ来ていなかった。

「ん～、ご飯食べよっかな」

アパートに一人だとなぜか独り言が多くなってしまう。

着ていたコートを脱ぎ、手を洗い、エプロンを着けて料理を始めることにした。

「鍋でいっか」

菜那は家事代行業者で働いているので、もちろん一通りの料理は作れる。

冷蔵庫にある食材を見て、使いかけの野菜を全部入れて寄せ鍋にすることにした。

自分一人のために凝った料理を作ろうとは思えない。なので一人の時はいつも簡単なものですませてしまう。白菜に大根、人参と冷凍しておいたエノキを入れ、一口大に切って冷凍しておいた鶏モモ肉も凍ったまま鍋に入れて煮込む。簡単に酒と醤油で味を調え、タレはポン酢でいただくことにした。

できあがった鍋をローテーブルに運び、ソファーの前に腰を下ろす。

「いただきます」

両手をしっかりと合わせた。鶏肉と白菜を一緒に取り、ポン酢を少しつけて口に入れる。

「ん、美味しい」

温かくて、優しい味が口いっぱいに広がった。

体の中から温まり、それと同時に無性に一人が寂しくなった。

「樹生、忙しいのかな」

スマートフォンをじっと眺めるがメッセージは既読にすらならない。

「でも……何時間も見ないってなかなかないよね？」

そっとメッセージ画面を閉じ、身を投げ出すようにソファーに背をつけて天井を眺める。

「こんなんで結婚なんてできるのかな……」

次々と不安が口からこぼれてしまう。

この五年、樹生との間で結婚というワードは何度か出てきていた。それでも仕事が忙しい樹生に「早く」と催促する言葉を掛けることは、菜那にはできなかった。

けれど、樹生さえよければ早く結婚したいというのが本音だ。

結婚を急ぐ一番の理由は母親を安心させてあげたいという想いからだ。一人親で金銭面で苦労していた母からは、「早く結婚してほしい。そうすればお母さんも安心するから」と会うたびに耳にタコができるほど聞かされる。

それに働き癖が抜けないのか、母は菜那が就職して自分でお金を稼げるようになった今も朝から晩まで働き詰めなのだ。

過労で倒れることも数年に一度はあり、何度も「そんなに働かなくても大丈夫」と止めるも聞いてくれやしない。

二週間前、母は脳卒中で仕事中に倒れた。仕事中で周りに人がいたことが不幸中の幸いで、すぐ病院に運ばれて手術をしたので軽症ですんだ。現在は入院中で、菜那は仕事の合間をぬってお見舞いに行っていた。

「早くお母さんを安心させてあげたい気持ちはあるんだけどね……」

むくっと身体を起き上がらせ、スマートフォンの画面をチラッと見る。

「……まだ返事来ないや」

小さなため息が漏れる。すっかり鍋から湯気が消え去っていた。

＊＊＊

昨日降った雪はやはり積もるほどじゃなかったようだ。その代わり冬の寒さで地面が凍結していた。アイススケート場とまではいかないが、歩いていてもかなり滑る。

何度か転びそうになりながら歩いて事務所に向かう途中、自動車が電柱に頭から突っ込んでいる光景を目にした。

「わ……運転手さんは大丈夫だったのかな……？」

車体の酷い潰れ具合に思わず足が止まってしまった。

やっぱり運転は怖いなぁ……気を付けなくちゃ。

菜那は足に力を入れて滑らないよう注意しながら、また歩みを進めた。

それなのに、やってしまった。

「きゃっ！」

慎重に歩いていたはずなのに足元が滑り、身体のバランスが一気に後ろへと崩れる。

やばい、倒れ――

「おっと、大丈夫ですか？」

「……へ？」

盛大に尻もちをつくはずだったのに、どこも痛くないのだ。

驚いて顔を上げると、見知らぬ男性が菜那の身体を引き寄せ、抱きとめてくれていた。

「え……」

あまりにも一瞬の出来事で、なかなか状況が整理できない。

菜那が目をぱちくりさせていると先に男性が口を開いた。

「昨日の雪のせいで今日は道路が滑りやすいですからね。転ぶ前に助けられてよかった」

ニコッと微笑む男性の笑顔があまりにも優しくて、ドキッと胸が高鳴った。

「あっ……」

そうだ、滑って転びそうになったんだと思い出したと同時に、自分が男性の腕の中にいることに菜那はハッと気が付いた。

「す、すみません！　助けてもらってしまって！　助かりましたっ」

慌てて男性から身体を離し、菜那は勢いよく頭を下げる。穴があったら入りたいとはこのことかと一気に羞恥心が湧き上がり、菜那の顔が真っ赤に染まった。

「いえ、間一髪ってところでしたね。間に合ってよかったです。では、気を付けてくださいね」

「はいっ、本当にありがとうございました！」

男性が立ち去るのを見送ろうと顔を上げると、ばっちりと目が合ってしまった。

わ……カッコいい。

斜めに流されたサラサラの前髪から色気のある切れ長の目がのぞいている。高い鼻梁《びりょう》にすっきりとした顎、首筋は筋張った男性的なラインでつい魅了されてしまう。柔らかな色気をまとった彼は一見クールな印象だが、先ほど見せてくれた笑顔はもの凄く優しかった。

菜那がぼうっとしているうちに、大きな背を向けて彼は歩き去っていった。

スーツ姿だから、どこかの会社員だろうか。

……優しくて、素敵な人だったな。

感謝の気持ちでいっぱいだ。

もう転ばぬよう、菜那は一歩一歩更に気を付けながら歩き始めた。

滑ることなく無事に事務所に着き、元気よくドアを開ける。

「おはようございます！」

中に入ると社長と沙幸が眉を八の字に曲げ、なにやら不穏な表情をしていた。ちらりと辺りを見渡すが、他の社員はまだ来ていないようだ。

どうしたんだろう……？

なんだか嫌な空気を感じ取った菜那は、慌てて二人のもとへ駆け寄った。

「おはようございます。あの、なにかあったんですか？」

「あぁ、菜那ちゃんおはよう。それがね……」

沙幸が言葉を詰まらせた。絶対になにかあったのだと予感が確信に変わる。

「菜那ちゃん……昨日、近藤様のお宅に行ったでしょう？　その、なにか変なことはなかったかしら？」

沙幸の代わりに社長が話し始めた。いつもハキハキしている社長がなんだか言葉を選んでゆっくりと話しているように感じる。

「あ、はい。沙幸さんと一緒に行きましたけど、ゴミの量が凄いくらいで特に変わったことはなかったかと思いますが……」

「実はその近藤様からさっきクレームがあってね」

「クレームですか⁉」

その言葉にドクンと心臓が反応し、菜那は大きく目を見開く。

「そんな……どんな内容ですか……？」

昨日のことを思い返すが全く心当たりがない。不安から両手を握りしめる。

「も、もしかしてゴミ捨てしかできなかったからですか……？」

菜那は不安げに社長を見た。

「それがね、近藤様の大切にしていた腕時計がなくなってるっていうのよ。心当たりはある？」

「腕時計、ですか？」

昨日はたくさんのゴミを処分して、ダイニングテーブル周りのものを片付けただけだ。腕時計なんて見てもいないし、たとえ見ていたとしてもそんな高級なものを勝手に捨てるはずがない。

菜那は毎回しっかりとお客様に捨てるものを確認するほどの慎重ぶりだ。勝手に捨てることは絶対にしないと言い切れる。

「腕時計は見ていません」

菜那は社長の目を見てハッキリと口にした。

「そうよね。菜那ちゃんが勝手に捨てるだなんて思ってもないし、ましてや盗むだなんてありえないわ。とりあえず私が直接謝罪に行ってくるから」

「えっ、近藤様は私が盗んだかもしれないと思われているんですか!?」

「あっ……まぁそうね、そういう内容の電話だったわ。そんなことはありえないのはわかっているけど、お客様に不信感を持たせてしまった以上、今から謝罪に行ってくるわね」

社長はデスク近くにかけてあったコートを羽織り、事務所を出る準備を始めた。

菜那は社長の前に立ち、深く頭を下げる。

「私も一緒に行きます。盗んだなんてことは絶対にありませんが、私が招いてしまったことなので同行させてください！　近藤様にも直接誤解を解かせてください」

「菜那ちゃん……わかったわ。一緒に行きましょう」

「はい」

沙幸に「ご迷惑をおかけしました」と頭を下げ、菜那は社長の後をついていった。

社長と会社に迷惑をかけてしまったという、申し訳ない気持ちでいっぱいだ。それに、誠心誠意頑張ったつもりのお客様に泥棒扱いされているなんて思ってもいなかった。

ぐっと胸の奥から込み上げるものがあり、泣きそうなったが必死で抑えた。

不安という大波に呑み込まれないよう、菜那はしっかりと背筋を伸ばして前を向いた。

きっと近藤様もちゃんと説明すればわかってくれるはず、だよね……？

社長が運転する車の助手席に乗り、道中で菓子折りを購入した菜那達は近藤の家に向かった。

近藤の家につき、深呼吸をしながら車を降りた。

インターフォンに伸ばす菜那の指先がフルフルと恐怖で震え始める。

「堀川さん、大丈夫？」

「っ……！」

社長に堀川と呼ばれてビシッと活を入れられたような気がした。

菜那は大きく息を吸い、呼吸を整えて背筋を伸ばす。

「はい、大丈夫です」

力強い声で返事をし、インターフォンを押す。すると、すぐに近藤が家から出てきた。

睨むような視線、明らかに不機嫌な表情を見て菜那の身体に緊張が走る。

「近藤様っ――」

「近藤様、このたびは不快な思いをさせてしまい誠に申し訳ございませんでした」

菜那の言葉を遮るように社長が一歩前に出て近藤に頭を下げた。菜那もすかさず社長に続いて頭を下げる。

「……金を払わせておいて、客のものを盗むなんてとんだ詐欺業者だな」

怒鳴るわけでもなく、地鳴りがしそうなほどの低い声。

恐怖で心臓が今にも破裂しそうだ。

それでも菜那はしっかりと話をしなければと思い、ぐっと手のひらを握りしめながら近藤を見た。

「近藤様、そのことに関してなんですが、私は昨日腕時計をこの目では見ておらずっ……」

「あぁ？　お前、この俺が嘘をついているとでも言いたいのか!?　お前が盗んだんだろうが！　弁償しろ！」

空気が張り裂けそうなほどの怒鳴り声にビクッと身体が後ずさり、ひゅっと喉が締まった。

――怖い。

たった一つの感情に身体が支配され、声を出すことができなかった。

菜那の様子にいち早く気が付いた社長が、怒鳴り散らす近藤にひたすら謝ってくれている姿が視界に映っている。

あぁ、私が、私が謝らなきゃいけないのに……

社長の姿が目に映っているはずなのに、自分は暗い闇の底にいるようで、音がなにも聞こえてこなかった。


「菜那ちゃん、大丈夫？　今日のところはもう帰っていいわ」

「あ……」

ガタガタと震えて社長の後ろにいることしかできず、いつの間にか会社の駐車場に着いていた。

「あ、あの……私……っ」

ついていったところで近藤の怒りは更に増しただけ。社長に迷惑しかかけていない自分に、悔しさで涙がこぼれそうになる。

「社長……本当に申し訳、ございません、でした……」

菜那はゆっくりと頭を下げた。

「いいのよ。私は菜那ちゃんがやったなんて一ミリも思ってないから。今回はちょっと相手が悪かっただけ。料金を返金したら近藤様も納得してくれたし、大事にならなくてよかったわ。今日はもう家に帰ってゆっくり休みなさい」

肩を優しくポンっと叩かれ、スイッチを押されたように涙が頬を伝った。

「ううっ……しゃちょっ……」

「ほら、泣かないの。顔上げて」

社長に肩を支えられ、菜那は泣き崩れた顔を上げる。

「本当に、すみま、せんでした……」

「気を付けて帰りなさい。私は上に戻るわね」

菜那はコクリと頷いて涙で滲む社長の背中を見送った。

「っ……ぐすっ……」

今まで菜那はクレームを受けたことがなかった。それは運がよかったのかもしれない。優しい人もいれば理不尽な人もいるのだと、社会の厳しさを痛感した。

「くっ……うっ、ふっ……」

悪意の籠った怒鳴り声に心が抉《えぐ》られたようだ。初めての体験に近藤の顔と怒鳴り声が頭から離れてくれない。

鞄からハンカチを取り出し、払拭するように濡れた目や頬を拭く。

大きく深呼吸をして、無理やり気持ちを落ち着かせた。

「帰ろう……」

会社の真下で泣いている姿を人に見られてしまったら、また会社の皆に迷惑をかけてしまうかもしれない。

ハンカチをしまおうと鞄を開くとスマートフォンが鳴った。樹生からのメッセージだ。

『悪い。忙しくて連絡遅れた。風邪ひいてちょっとダウンしてるからしばらく会えないわ』

たった数行のメッセージを見つめる。

「そう、だったんだ……樹生、大丈夫かな……」

仕事が忙しくて体調を崩してしまったのだろうか。もしかしたら、忙しさを理由にちゃんとご飯を食べていなかったのかもしれない。樹生は忙しいとカップラーメンばかり食べて野菜を全く取らないから。

『大丈夫？　なにか必要なものがあったら買っていくよ』

すぐに返信をしたが既読にはならなかった。熱を出して寝込んでいるのかもしれない。

心配だし、樹生の様子を見に行こうかな……

それに、今日は一人でいたくない。

一人でいると近藤のことを思い出して泣きそうになる。いろいろと余計なことまで考えてしまいそうだ。

買い物してから行こう……

菜那はスマートフォンを握りしめてスーパーに向かって歩き出した。

＊＊＊

卵やネギなど、料理を作り置きできるよう、ある程度の食材を買って樹生の家に向かった。

キーケースには、あまり使うことのない合鍵が自分のアパートの鍵と一緒にぶら下がっている。

樹生のアパートの鍵を選び、玄関を開けた。

「樹生……入るよ」

え——？

菜那は目を大きく見開いた。

玄関に入ってすぐに目に入ってきたのは女物のヒールだ。一瞬自分のものかと思ったが、ピンクベージュの可愛らしい色のヒールなんて持っていない。

ドッドッドッドッと心臓が痛いくらいに早く動き出した。

お、お客さんが来ているのかもしれないし……

そっと息を呑んで菜那は一歩一歩慎重に進んでいく。

い、いない……

リビングに入っても樹生の姿は見当たらない。残るはリビングの隣にある寝室だけだ。

でも、もうわかりきっている。寝室から漏れてくる女の甘い声に気が付かずにはいられない。

「っ……」

で、でも、もしかしたらエッチな動画でも見てるのかもしれないし……

なんて現実逃避さえ思ってしまう。

「あぁっ……気もちぃっ、樹生もっとぉっ……んぁぁ！」

「くっ……すげぇ気持ちいい……あ～最高～っ」

扉越しに女性の声が、樹生の声も交えて聞こえてきた。

「ひっ……」

思わず両手で口を塞ぐ。喉が締まり、息が苦しくなってきた。

あぁ、これは現実なんだ。

菜那は力の入らない手で引き戸を弱々しく開く。

何度も二人で一緒に寝たシングルベッドの上で樹生が女性を組み敷き、必死に腰を振っていた。

「っ⁉　菜那⁉　なんでっ……」

菜那を見た樹生は慌てて動きを止め、布団で女性を隠した。

隠しても無駄なのに……

はっきりとこの目で樹生に抱かれている女性の姿を見てしまった。

本来ならばあそこにいるのは自分のはずなのに、なぜ一人でここに立ち尽くしているのだろうか。

その意味がわかっているはずなのに、すぐには受け入れられない。

「風邪、ひいたって言ってた、から……」

エコバッグを握っていた右手に必要以上の力が入る。

「なのに、どういうこと……？」

震えそうになる唇を噛みしめながら樹生を見た。とてもじゃないけれど、布団の中に隠れている女性を見ることなんてできない。

樹生は悪びれる様子もなくベッドから降り、ボクサーパンツを穿いた。

「見てのまんまだよ。浮気した。だから別れてくんね？」

……え？

自分に言われたであろう言葉が信じられなくて、信じたくなくて、言葉が出てこない。「ごめん、ちょっとした遊びだったんだ」「本気じゃないんだ」とか、言い訳くらいしてほしかった。

喉のすぐそこまで「なに言ってるの？」と出てきているのに声にすることができず、唇が震え出す。

樹生は髪をガシガシとかきながらボスンッとベッドに腰かけた。

「もうさ、菜那のこと女として見れないんだわ。なんつーかおかんみたいなんだよね。エコバッグにネギって、まさにおかんじゃん」

樹生は笑いながら菜那の持っているエコバッグを横目で見た。

「しかも仕事は家事代行だろ？　付き合ってても家政婦みたいっていうかさ、家事を仕事にしてるって楽してるよな～、まぁ俺も楽させてもらってたけど」

「なっ……」

どうしてそんなにも酷いことが言えるのだろう。

樹生って、こんな人だったの……？

毎日一緒というわけではなかったが樹生とは高校も同じだったし、五年も側にいた。それなのに、この五年で初めて見る樹生の姿に驚きが隠せない。

「ねぇ、もういい加減布団の中苦しいんだけどぉ？」

ばさりと布団から顔を出した女性が気だるげに前髪をかきあげ、ふっと鼻で笑った。明らかに菜那のほうを見て勝ち誇ったような表情をしている。

「……っ！」

菜那の顔が耳まで真っ赤に染まった。

今、完全に自分が負け犬になっていることの恥ずかしさと、悲しさと、苛立ちと、何種類もの感情に身体が侵食されて視界がぐらつく。

――もう、この場にはいられない。

「っ……」

菜那はこぼれ落ちそうな涙を堪えながら樹生の家を飛び出した。

この場で悲しみの声を出していたら、ばらばらと崩れ落ちながら泣いてしまいそうだったから。

「なんで……っ」

どうしてこうなってしまったんだろう？

樹生には自分なりに精一杯尽くしてきたつもりだった。料理の苦手な樹生のために得意な自分が作って、休日は二人で過ごしたり、インドアだったけれどたまに二人で買い物に出かけたりするのが凄く楽しかった。

樹生も同じ気持ちだと思ってたのに……

今日の近藤だってそうだ。一生懸命部屋のゴミを捨てて、片付けをした。次はもっと早く進められるように頑張ろうと思っていたのに、泥棒扱いされるなんて思ってもいなかった。

頑張った結果がこれとは、世の中はなんて理不尽なのだろうか。

「ははっ……うぅ……ッ」

息が、苦しい。

自分の周りに酸素がなくなってしまったかのように、浅い呼吸しかできない。

全力で走って樹生の家から離れたからだろうか。それとも、苦しい感情に押しつぶされそうになっているからだろうか。わからない。足も疲れた。走る速度はだんだんと遅くなり、菜那の足はピタリと止まった。

「っ……くっ……」

必死で堪えようと思うほど、感情が涙になってこぼれ落ちてくる。真昼間の街中で泣いている女ほど視線を集めるものはない。通りすがりの人の不思議そうな視線が菜那に突き刺さる。

止まれっ……止まってよっ……

強く思っても瞳から溢れる雫は止まることを知らないらしい。何度も自分の手で涙をぬぐったせいで手の甲はびしょびしょだ。

「はぁっ……んっ……」

ふいに頬に冷たさを感じた。

雨だ。

ポツポツと降り始めた雨は次第に強くなっていく。

「天気予報、降るなんて言ってなかったのに……」

折りたたみ傘は鞄に入っていない。突然の大雨に周りの通行人も慌て、雨から逃れようと走り出している。

もう、ちょうどいいや……

雨がきっとこの涙を隠してくれる。

菜那はゆっくりと歩き始めた。人々は急な雨に気を取られて、泣いている菜那に気が付かない。

身体を派手に濡らす雨など気にせず、菜那はふらふらと家へ向かった。

視界も雨のせいか、涙のせいなのかわからないくらいぼんやりとしている。

あ、なんか黒い影――と思った時にはもう遅かったらしい。

菜那の身体は目の前に現れた黒い影に力なくぶつかっていた。

「おっと、大丈夫ですか？」

ぶつかった小さな反動でも後ろに倒れそうになるが、すぐに誰かに身体を抱きとめられる。

頬に冷たい雨粒も感じない。

「また、会いましたね」

雨の代わりに、優しい声が頭上から降り注ぐ。菜那はゆっくりと顔を上げた。

「あ……」

菜那を抱きとめてくれたのは今朝、足を滑らせた時に助けてくれた彼だった。

視界がぼやけていたはずなのに、この雨の中でもハッキリとわかる。目を柔らかに細めた、優しい表情。

ぶつかってしまったのは自分なのに責めることもなく、優しい顔を菜那に向けている。

弱っている菜那にはその柔らかな視線だけで十分だった。プツンと糸が切れたように感情が溢れ出す。

「うぅっ……わわぁ――……」

泣き崩れる菜那を名前も知らない彼が人目から隠すように抱き寄せ、傘で隠してくれた。

彼の腕は力強いのにどこか優しさも感じられ、その中はとても心地よい。

だからだろうか。優しさに触れ、降っている雨に負けないくらい涙が溢れてくる。

そのまま何分泣いたかわからない。気付くと雨も大分小雨になっていた。

「少し、落ち着きましたか？」

彼の声に引き上げられるように顔を上げる。段々と冷静になった菜那は、自分があまりにも大胆なことをしてしまったと気が付いた。

やだっ、私ったら全然知らない人なのに……

「……す、すみませんでしたっ」

すっと身体を彼から離し、小さく頭を下げた。

「突然の雨でしたから。泣きたくなりますよね」

「え？　……あ、はい……っ⁉」

彼の親指が菜那の頬に触れ、心臓がドクンっと大きく跳ねた。

「涙、まだ残ってた」

目の下を彼の親指がすーっと横に撫でる。

「あ……」

菜那は驚いて大きく目を見開いた。彼は拭き残した涙をぬぐってくれたようだ。

恥ずかしさのあまり、思わず顔をパッと彼から背けてしまった。

「す、すみませんっ……」

「いえ、私のほうこそ、つい触れてしまって。ご自宅は近いんですか？」

「はい」

菜那はコクリと頷いた。

「そうなんですね。すみませんが、ちょっと傘を持っていてくれませんか？」

「あ、はいっ」

傘を手渡され、反射的に持ってしまった。彼が濡れないように菜那は手を差し伸ばす。

ただの偶然で二回も助けてもらうなんて……なんだか不思議。今まで気が付かなかったけど、この辺に住んでいる人なのかな……？

ぼうっと彼を眺めていると冷えていた身体にふわりと温かさを感じる。

「え……？」

彼は着ていたジャケットを脱ぎ、菜那に羽織らせた。

「あ、あのっ、これはっ？」

「着てください。そのままだと風邪をひいてしまうかもしれませんから」

「そんなっ、大丈夫です！」

ジャケットに掛けた菜那の手に彼の手が重なり、動きを制される。

「あの……」

「本当は自宅まで送っていきたいのですが、さすがに会ったばかりの男が女性を自宅まで送るのは怖いでしょう？　気を付けて帰ってくださいね」

「え、ちょっとっ……！」

菜那が断る隙さえも与えずに、彼は雨の中を走り出してしまった。

パシャパシャと小さな水飛沫《みずしぶき》を飛ばしながら走り去る背中に向かって、菜那は呟いた。

「……親切な人、ありがとうございます」

理不尽な世の中だと思ったけれど、やっぱり優しい人もいるものだなぁ。

たった一人に優しくしてもらえただけなのに、ぱぁっと心が晴れた気がした。

「赤の他人なのに……こんなによくしてくれるなんて、本当に素敵な人だったな……」

また会えるだろうか。傘とジャケットを返さなければ。

菜那は傘をしっかり持ち、チャプチャプと少し明るく雨水を鳴らしながら自宅へと向かった。

＊＊＊

今日の天気はあいにくの曇り模様だ。予報でも一日中曇りだった。降水確率は低いものの、菜那は鞄の他にネイビーの傘を持っている。

昨日、名前も知らない彼に借りた傘だ。ジャケットは高級ブランドのものだったので、病院へ来る前にクリーニング屋に出してきた。

「やっぱりあの人に名前とかいろいろ聞いておくべきだったな」

菜那は呟きながら総合病院へと入っていく。

二度会えたからといって三度目があるとは限らない。

この傘を返してお礼を伝えたいのにな……

手に持っているネイビーの傘を眺めつつ、母が入院している病室の扉をノックした。

「お母さん、来たよ」

ガラッと扉を開けると、真っ白なベッドに横になっていた母がゆっくりと顔を上げる。

「菜那、また来てくれたの？」

「当たり前でしょ」

「毎回ごめんねぇ」

　そう謝る母の顔色がなんだか悪いように見える。

「お母さん、大丈夫？」

「大丈夫、大丈夫。ご飯だって残さず食べて体力回復に努めてるのよ？」

「もう、あんまり無理しないでよ」

「わかってはいるんだけどねぇ……菜那、ごめんね、心配かけて」

　入院すると誰だって気持ちが落ち込むものだろう。いつも元気一杯の母だからか、か細い声を聞くと胸が苦しくなる。

　もっと自分を大切にしてほしいのに……

　菜那はニッコリと笑った。少しでも自分が明るくして、母の気持ちを上げたい。

「そう思うなら退院したら仕事は減らして、少しゆっくりしてよ？　そうだ、なにか欲しいものある？　売店で買ってこようか？」

　病室の角にある棚に洗濯してきた新しいパジャマやタオルをしまいながら、母を見る。

「欲しいものなんてないよ。でもそうだなぁ……菜那に早く結婚してほしいわ。樹生くんとはどうなってるの？」

　弱々しい声のはずなのに、菜那の心臓に母の言葉が鋭い矢のように突き刺さった。

「あ～、うん。なんにも変わらないかな」

　ヒクッと頬が引き攣《つ》る。

　――嘘をついた。

笑って「浮気されちゃった」と話せばよかったかもしれない。でも、母に心配をかけないよう自分の口から明るく言うにはまだ早かったようだ。反射的に嘘をついてしまった。

「そう。早く菜那の花嫁姿、見たいんだけどねぇ」

「もうっ、花嫁姿はそのうち見せてあげるからっ！」

弱々しい母親の声を打ち消すように、菜那は母の手を握ってハリボテの笑みを向ける。

「そうなの？　楽しみだわっ！」

母の表情が和らぎ、キラキラした笑顔を見せる。その表情に菜那はチクリと胸が痛んだ。

母はこんなにも自分の結婚を待ち望んでいる。

「……ちょっと看護師さんに挨拶してくるね」

嘘をついた罪悪感で苦しくなり、菜那は病室を出てすぐ壁に寄りかかった。

なんでだろう……

樹生のことを話そうとした時、悲しいという気持ちよりも母親を悲しませたくないという思いのほうが大きかった。嘘をついた罪悪感も重なってくる。

もしかして、私ってあんまり樹生のことで傷ついて、ないのかも……？

昨日も樹生の浮気現場を見てしまった時は感情が嵐のように乱れていたが、家に帰ってからは思いのほか冷静だった。

いつも通りご飯を食べて、お風呂に入って眠れている自分がいたのだ。

はぁと小さくため息をついて天井を見上げる。

……私も樹生に対しての気持ちが薄れてたのかもなぁ。

これでは結婚なんてほど遠い。申し訳ないけれど、母を安心させてあげられる日はまだまだ来なそうだ。

ぼうっとしていると「こんにちは」と話し掛けられた。声のほうに菜那は顔を向ける。

「堀川さん、いらっしゃってたんですね」

穏やかな笑みを見せる女性は、普段からよくしてくれている看護師だ。

「あ、いつもお世話になっています」

菜那はぺこりと会釈する。

「ちょうどよかった。先生からお話があるので少しお時間いいですか？」

「あ……はい、大丈夫です」

菜那はゴクリと唾を呑み込み、看護師の後をついていく。

話ってなんだろう……リハビリのことかな……？

緊張しながらカウンセリングルームに入り、しばらく座って待っていると担当医が看護師と一緒に入ってきた。

「お待たせしました」

四十代の男性担当医はいつもニコニコしているのに、今日は厳しい表情を浮かべ、明らかに雰囲気が違う。思わず両手に力が入り、膝の上で拳を握った。

「堀川さん、お母様のことですが、当初の予定より入院が長引きそうです」

「え……どうしてですか？」

「体力的に回復が少し遅く、リハビリに入るまでもう少し時間がかかりそうです。そうなると三、四ヶ月はかかるかと思います」

「そうなんですね……わかりました。どうぞ母をよろしくお願いします」

菜那は深く頭を下げた。

カウンセリングルームを出ていく担当医の背中を見送り、深いため息が出る。

「お母さん……本当に無理しすぎだよ……」

不安で気持ちが重くなる。

早くよくなりますように……

そう願いながらカウンセリングルームを出た。


「菜那？　菜那聞いてる？」

「え？」

母の声でハッとした。

「疲れてるんじゃない？　ボーッとしてたわよ」

「大丈夫、疲れてないから」

つい、考えごとをしてしまうだけ。母の病状のこと、昨日の会社でのこと、樹生のこと。

菜那は心配そうに見つめてくる母に無理やり口角を上げて笑い返した。

「私そろそろ仕事に行かないといけないから、またすぐ来るね！」

「菜那も忙しいんだからそんな頻繁に来なくてもいいわよ。自分のことを一番に考えて、ね？」

「お母さんこそ自分のことを一番に考えて？　じゃあまた来るね」

母親の洗濯物が入った鞄を握り、菜那は病室を出た。

「もうっ……」

母からの優しい言葉にツンと鼻の奥が痛む。

母はいつも自分のことは二の次だ。そんな頑張り屋で優しい母を喜ばせるには、花嫁姿を見せるのが一番なのかもしれない。でもそれは昨日、叶わなくなってしまった。

「お母さんに早く本当のことを言わないとな……」

そう思っているけれど、喉の奥で「浮気された」という言葉が詰まって出てこない。

母が退院したら本当のことを伝えよう。今は入院中だし余計な心配はかけたくない。

「よしっ！」

自分に気合を入れてカジハンドに向かった。片手に荷物でパンパンの鞄と、もう片方にはネイビーの傘を持って。

＊＊＊

事務所に着き、中に入るとすぐに社長が菜那に気が付いて駆け寄ってきた。

「菜那ちゃん、昨日は休めた？」

「社長……はい、大丈夫です。本当にご迷惑をおかけしました。今日からまた精一杯頑張りますのでよろしくお願いします」

菜那はこれでもかというくらいに深く頭を下げる。そっと社長が菜那の肩に触れた。

「菜那ちゃん、顔を上げて。実は菜那ちゃんに話さなきゃいけないことがあるの」

「話すこと、ですか……？」

「こっちで話しましょう」

二人掛けのソファーに呼ばれ、二人で腰を下ろした。いつになく真剣な社長の表情に菜那にも緊張が走る。

「社長どうしました……？　近藤様のこと、ですか？」

「ううん、違うわ。話ってのはこの会社のことで……」

少しの間を置き、社長は口を開いた。

「カジハンドは一ヶ月後に倒産することになりました」

「え……」

本当ですか？　と口から出そうになったが、社長の眉尻を下げ、潤んだ瞳が事実だと物語っている。

「そう、ですか……他の社員の方はもう知ってるんですか？」

「ええ、昨日伝えたわ。皆納得してくれた。再就職先も同業種でよければ私がみつけてくるから」

「同業種、ですか……」

カジハンドでしか働いたことのない菜那にとって、異業種に就職するのは困難だと思う。再就職で有利になりそうな資格も持っていない。

けれどなんとなく、再就職と聞いて「違う仕事」が頭をよぎった。

あまり人と関わりたくないと思ってしまっているのが今の菜那の正直な気持ちだ。泥棒扱いされ、彼氏に浮気され、人間不信になるには十分の出来事が重なったのだ。

でも、自分には家事以外に一体なにができるだろう？

得意なことはなんですか？　と聞かれたら答えられるものがない。

あ……私ってなにもない……

自分は空っぽなんだ、と実感した。

恋人も失って、職も失って。でも、家事以外にできることがない。

人生に絶望するって、こういう状況を言うのかなぁ……

昨日から悪いことしか起こっていない気がする。いいことと言えば、優しい人に助けてもらったことくらい。昨日、また頑張ろうと思ったはずなのに、また一瞬で地獄に落とされてしまった。

でも、そんな地獄から這い上がらなければ生きてはいけない。家事以外に自分にできることを見つけられるだろうか。

まだなんのあてもないけれど、なにか見つけ出したい。

「あの、再就職先のことは……私は大丈夫です、自分で探そうかな、と思います」

「わかったわ。もし気が変わったら声かけてちょうだいね」

「はい……」

フリーズしていた菜那に、社長はパンッと両手を叩いて明るく笑う。その音で菜那もハッと我に返り、社長を見た。

「でもいい知らせもあるのよ？　新規の案件が入ってきたから、今日行ってもらえる？」

「え？　今からですか？」

「そう、頼むわね。本当は断ろうと思ったんだけどどうしてもって頼まれちゃって。在宅ワークをしている方なんだけど、部屋の掃除と夕食の調理をご希望よ。菜那ちゃんの得意分野でしょう？」

社長がパチンとウインクをして菜那を見る。励ましてくれていることがひしひしと伝わってきた。

社長だって大変なはずなのに……

「……はい！　頑張ります！」

ウジウジしてたって意味がない。今はただ、カジハンドのために一生懸命働こう。

菜那は立ち上がると依頼者のもとへ行く準備を始めた。

＊＊＊

上を向いてもてっぺんが見えないほどの高層マンションの目の前に、菜那は立っていた。片手にはたくさんの掃除用品が入った大きな鞄を持っている。周りの優雅でエレガントな風景と明らかに合っていない。黒のスラックスに白のワイシャツ、黄色い布地に黒の太い字でカジハンドと書かれたエプロンを身に着けた菜那だけが浮き上がっているように感じてしまう。恥ずかしさを感じ、羽織っていた黒のダウンのチャックを閉めた。

「ここ、だよね……？」

何度もスマートフォンに表示されている住所を確認するが、一字一句間違っていない。

やっぱり合ってる。ここに住んでる人なんだ……

ふぅっと深呼吸をし、ロビーにあるオートロックの操作盤で部屋番号を押そうと人差し指を伸ばした。

「っ……！」

全く違う現場なのに、昨日の近藤の家での出来事がフラッシュバックし、伸ばした指が震え出す。

「なんでっ……」

指を引っ込め、胸の前で両手を握りしめる。

不幸な出来事が重なりすぎて、トラウマになるには菜那にとって十分だったようだ。身体が小さく震え出す。

「仕事だから。大丈夫、大丈夫……」

優しいお客様もたくさんいた。だから、大丈夫。

自分に何度も言い聞かせ、大きく深呼吸をする。

そして、もう一度インターフォンに指を伸ばした。

２００１、押せた……

ホッと胸を撫で下ろすと、２００１号室からすぐに応答があった。

「はい、宇賀谷《うがや》です」

男性の柔らかな優しい声が聞こえた。

あれ？　この声……

スピーカー越しに聞こえる声に菜那は聞き覚えがあるように感じた。でも誰の声なのかハッキリと思い出すことができない。

すぐそこまで答えは出ている気がするのに……

「あのっ、えっと、依頼を承りましたカジハンドの堀川です。宇賀谷様、本日はよろしくお願いいたします」

インターフォン越しに頭を下げると、くすくすと上品な笑い声が機械越しに聞こえてきた。

「元気そうでよかったです。今開けるので入ってきてください」

……元気そう？　やっぱり聞き覚えのある声だから知り合いだったのかな？

けれど宇賀谷という珍しい苗字の人を忘れるだろうか。

思い出そうと記憶をたどりながらゆっくりと開いた自動ドアを通り、菜那は２００１号室へと向かった。

あれ……？　誰かいる？

少し先の玄関前に人影が見え、菜那は首を傾げる。

菜那のほうを見るなり会釈をしてきたので、もしかして？　と思い、少し足を速めて人影のもとへ急いだ。

「あのっ、宇賀谷蒼司《そうし》様でしょうか？　わたくし、カジハンドの堀川と申します」

「はい。宇賀谷です」

その一言だけでドクンと心臓が高鳴った。

あ……

優しく微笑むこの顔にはしっかりと見覚えがある。二度も助けてくれた彼の顔を忘れるはずがない。今日はスーツ姿ではなく、ラフなトレーナー姿だが、それでも身長が高くてスタイルのよさがはっきりとわかる。

「あのっ、昨日の方、ですよね？　本当にありがとうございました。私、傘とジャケットをお借りしてしまって、あと滑った時も助けてもらってしまって。あぁっ、傘！　事務所に置いてきてしまいましたっ」

二度目はあったが三度目はないかもしれないと思っていた。なのにこんな形で会えたことに菜那は鼓動の高鳴りを抑えきれない。

早くお礼が伝えたくて焦って話す菜那のことを、蒼司は柔らかな視線で見つめている。

「そのっ、本当にお見苦しい姿ばかりを見せてしまいっ、本日はしっかりやらせていただきますので、えっと、そのっ」

緊張で、ますます菜那の口調が早くなる。

「ははっ、落ち着いてください。ゆっくりでいいですから」

蒼司はくしゃっと笑った。

「っ……！」

柔らかい笑顔だけではない、少し弾けた蒼司の笑みを見て、菜那の胸の内がキュンと甘く痛む。

「あっ……す、すみません。なんか緊張してしまって、本当にお恥ずかしい姿ばかり見せてしまってますね」

菜那は苦笑いしながら、恥ずかしくなって口元を手で隠した。

「私も少し緊張していますよ。本当にたまたまの偶然にいつも驚かされていましたから」

「あはは……お恥ずかしいかぎりですが、こんな偶然ってあるんですね。これもなにかのご縁だと思って精一杯務めさせていただきますので、本日はよろしくお願いいたします」

菜那が深々と頭を下げると「こちらこそ」と蒼司も高い背を折り曲げて礼をする。

顔を上げ、蒼司を見ると目が合い、彼は恥ずかしそうに髪をかき上げながら笑った。

「その、お恥ずかしいのですが部屋はかなり汚いんで……」

「大丈夫ですよ。お任せください」

「頼もしいですね。じゃあお願いします」

蒼司は玄関ドアを開ける。手を差し出して「どうぞ」と、菜那を家へと招き入れた。

「お邪魔いたします」

どれだけ汚いのだろうかと思ったが、玄関に散乱している靴はなく、きちんとかかとを揃えて靴箱に並べられていた。

なんだ、綺麗だし、とっても素敵な玄関だなぁ。

艶《つや》やかな白いタイルが、マンションだと暗くなりがちな玄関を明るくしてくれている。目の前には全面擦りガラス張りのリビングドアが見えた。

「これ、よかったら」

「ありがとうございます」

蒼司から差し出されたスリッパはグレイのフワフワした素材だ。ありがたく拝借し、足を通すと靴下越しにでもわかるほどの素材のよさに思わず「凄い」と声が出そうになった。

「じゃあ、今日はリビングをお願いします」

「はい。かしこまりました」

歩く蒼司の後ろをついていき、リビングに入る。

「わっ……」

モノトーンで統一された室内にシンプルなデザインの家具が置かれ、落ち着いた印象の部屋だ。大きなガラス窓から見える景色は、地上より空のほうが近いんじゃないかと思うくらい雲が近く感じる。残念なのは今日の天気が曇りだということだ。晴れていたらきっと絶景に違いない。

広くてモデルハウスのような内装だが、大きな窓の手前にあるソファーの上には脱ぎっぱなしの服がちらほら置かれている。ガラスのローテーブルの上にも飲みかけのペットボトルが数本溜まっているが、それ以外のゴミはパッと見たところなさそうで菜那は少し安堵した。

蒼司は罵声を浴びせるような人でないことは、少し関わっただけでもわかっている。けれど、心のどこかでお客様に対して怯えてしまっている自分がいるのかもしれない。

「ははっ、汚くて驚きましたよね。仕事を理由にしたらいけないのはわかってるんですけど、忙しくて……まぁ、家事も苦手なんですけど」

蒼司は恥ずかしそうに笑った。

「驚きなんてしません。お仕事が忙しいと家事まで手が回りませんよね」

忙しそうな人を見るとつい母を思い出してしまう。菜那の母親も常に忙しそうで、家に帰ってくるとスイッチが切れたようにぐったりとしていたからよくわかる。

仕事と家事の両立はかなり大変なことだと。

だからこそ、自分達のような家事代行業者は、そうした人達の負担を少しでも減らす手伝いができればと思い、いつも仕事に臨んでいる。

「今日は掃除と夕食の調理のご依頼だったのですが、さっそく始めてもよろしいでしょうか？」

「よろしくお願いします。私はここでちょっと仕事していますので、なにかあったら聞いてください」

「承知いたしました。では掃除が終わり次第買い物に行き、料理にかかりたいと思います。メニューはご希望通りメインにハンバーグでよろしかったですか？」

菜那はスマートフォンに保存している事前にもらっていたアンケートシートと蒼司を交互に見る。

「っ……」

蒼司と目が合ったその瞬間、彼に抱きしめてもらった記憶が脳裏にしっかりと映し出された。菜那の顔がかぁっと赤く染まっていく。

なっ、私ってばなんでこのタイミングで思い出しちゃうの……！

お客様と目を合わせるなんて当たり前のことのはずなのに、蒼司は特別だ。助けてくれ、慰めてくれた時の彼の腕の温もりを、身体がハッキリと覚えているらしい。

菜那は思わずパッと顔を逸らした。恥ずかしさが一気にこみ上げてくる。

「どうかしましたか？」

菜那の態度を不思議に思ったのか、蒼司が顔を覗き込んできた。切れ長の瞳が菜那を捉える。

「いえ……なんでもありません」

抱きしめられたことを思い出してしまいました、なんて言えるはずがない。

大切なお客様なのに公私混同してしまうなんて……絶対にダメ！

キュッと唇を噛み、菜那は自分に活を入れるようにキリッとした表情で顔を上げた。

「では作業に取り掛からせていただきます」

「あ、待ってください」

動き出した菜那の腕を蒼司は掴んで止めた。

「な、なんでしょうか⁉」

ただ腕を掴まれているだけなのに、彼からの温度を感じてしまう。熱が蒼司の手のひらから伝わり、じわじわと菜那の身体の温度を上昇させた。

「買い物の時は私もご一緒しても大丈夫でしょうか？」

「宇賀谷様がご一緒にですか？　それは……」

めったにないパターンの質問に少し間が空いてしまった。

「ダメ、でしょうか？」

「えっと、大抵のお客様はご自宅で待たれているので珍しいと言いますか……あの、手を……」

菜那が掴まれている腕に視線をずらす。蒼司の視線もそれを追うように動き、手がパッと離れた。

「あぁ、すみません。呼び止めるのについ。それで、私もちょうど買い物に行きたいと思っていたんです。今日は天気も悪いですし、車だったら雨が降ってきても大丈夫でしょう？　決して買い物の邪魔はしませんので」

「……それは宇賀谷様に車を出していただくということですか？」

「私の車でよければ。あ、でも男の人の車に乗るのもアレですよね。タクシーで行きましょうか」

蒼司は「タクシータクシー」と呟きながらスマートフォンをいじり出した。

彼が悪い人でないことは十分にわかっている。今だって天気を心配して提案してくれたのだろう。

厚意に甘えてもいいだろうか。

「あの……宇賀谷様のお車にご一緒してもよろしいでしょうか？」

蒼司は手を止め、菜那を見て柔らかに笑った。

「もちろんです。ご一緒させてください」

彼の優しい表情を見るとポッと心が温かくなる。

「よろしくお願いいたします。お時間になったら声を掛けさせてもらいます」

「わかりました。それまで仕事をしているので、よろしくお願いします」

「かしこまりました」

少し業務的な挨拶を交わし、菜那が会釈をして顔を上げると蒼司はリビングから出て別の部屋へと消えていった。

「本当に優しい人だなぁ……」

ポロッと思ったことが口からこぼれる。

これだけ優しい蒼司のことだ。もしかしたら彼にとっては誰かを助けることは当たり前なのかもしれない。

何度も蒼司に助けられている菜那はまた彼の優しさに触れ、率直にそう思った。

「よし、まずは洗濯物だ！」

蒼司の洋服を両手で抱え込み、洗面所へと向かった。

洗濯物を洗濯機に入れてリビングに戻ると、蒼司がソファーに座っている。ダークブラウンの木目調のサイドテーブルに向かい、ノートパソコンをいじっていた。

わ……眼鏡姿だ……

シンプルなシルバーフレームの眼鏡をかけた蒼司は、更に色気を増しているように見えた。それにいつの間に着替えてきたのか、黒いパンツにカーキ色のシャツを着ている。長い足を組みパソコンに向かう姿は知的で、見惚れてしまいそうになるほどカッコいい。

菜那は蒼司の邪魔にならないよう身を低くし、ササッとローテーブルの上にあったペットボトルを回収した。

「堀川さん、ありがとうございます」

菜那の姿が目の端に映ったのか、蒼司はパソコンから顔を上げて眼鏡を外した。目が疲れたのか目頭を指で摘んでぐいぐい揉んでいる。

「いえ……その、お仕事大変そうですね」

「ちょっと案件が立て込んじゃいまして。あ、邪魔だったら別の部屋に行きますけど大丈夫ですか？」

蒼司はノートパソコンを閉めようと手を掛けた。

「いえ、全く邪魔だなんてことはありません。むしろ私のほうがちょこちょこ動いていてお邪魔になってはいませんか？　できるだけお仕事の邪魔にならないように気を付けますが……」

蒼司が菜那を見つめて、小さく微笑んだ。

「大丈夫ですよ。堀川さんが一生懸命私の部屋を綺麗にしてくれるのを見ていると、こちらまで頑張ろうって気持ちになれますから。働く人の姿って素敵ですよね」

「そんなっ、大袈裟です……！」

蒼司のまっすぐな言葉に菜那の頬が紅色に染まる。

「本当のことですから。でも、自分の部屋くらい自分で掃除しろよって話なんですけどね」

自虐的に笑う蒼司を見て、菜那は膝をついて彼を見上げた。

「宇賀谷様、それは違います」

菜那はハッキリと言葉にして蒼司と目を合わせる。

「お仕事が忙しいと家のことまでなかなか手が回らないと思います。だからこそ、忙しい人達に代わって家事をするのが私達家事代行の仕事です。宇賀谷様はお仕事を頑張ってください。私も仕事を頑張りますっ」

菜那はニッコリと笑ってガッツポーズをしてみせた。

「………」

蒼司はキョトンと目を見開いて菜那を見ている。

あ……もしかして余計なこと言っちゃった？　かも……？

不安に駆られた瞬間、蒼司が右手で口元を隠しながら菜那を見つめた。

「それは反則ですよ……」

ボソリと呟かれたため、菜那には上手く聞きとれなかった。

「宇賀谷様……？」

「いや、じゃあ遠慮なく仕事を頑張らせてもらいますね。でも、堀川さんのことも見ていてもいいですか？」

「え……？　私？」

クスッと余裕そうな笑みを見せた蒼司に思わず心臓がドキッと反応する。

「どうやって家事をすればいいのかな〜って、少しは自分でも家事ができるようにならないと」

「な、なるほど……なにも参考にはならないと思いますが……し、仕事に戻りますっ！」

ペットボトルを胸に抱えて、菜那はその場を立ち去った。

チラッと振り返ると真剣な表情の蒼司と目が合った。

「っ……！」

ほっ、本当に見てるっ……宇賀谷様って真面目な人なんだなぁ。

正直言って、視線を向けられることがトラウマになりかけていた。

近藤の睨むような視線、樹生からの冷ややかな視線、浮気相手からの憐みの目。

でも、蒼司からの視線は全く嫌だと感じなかった。むしろ優しく見守ってくれているように感じてしまう。

よし、頑張ろう……

菜那は意気込み、ペットボトルをぎゅっと抱きしめた。

キッチンに回収したペットボトルを置き、一つずつラベルを剥がしていく。カウンターキッチンなのでふと顔を上げれば視界に蒼司が映り込んだ。

凄く真剣な表情……これだけカッコいいんだからきっと彼女がいるだろうけど、あんまり家からは女の人の気配を感じないんだよねぇ。

やはり家庭のある家や同棲カップルの家など、誰かと一緒に暮らしている家は人の住んでいる気配を多く感じる。歯ブラシの数や、食器の数。どこかしらに存在があるはずなのに、蒼司の家には誰かが一緒に住んでいるような気配が全くない。

ラベルを剥がしながら見ていると、蒼司は少し口を曲げてなにか悩んでいる様子だ。じぃっとパソコンとにらめっこしている。その姿がなんだか少し可愛く見えて思わず頬が緩んだ。

そういえば、職業はなんなんだろう？　でもきっといい会社に勤めるエリートなんだろうな。じゃなきゃこんないいマンションに住めないよね……ってお客様のこと詮索しすぎっ……

他のことを考えないよう手を素早く動かしているうちに、ゴミの処分はあっという間に終わった。

よし、次はリビングだ！

ハンディモップでインテリアのほこりを取る。仕事をしている蒼司を考慮して音のうるさい掃除機はやめ、床は雑巾で拭き上げた。巾木《はばき》にもほこりが溜まっていたので雑巾のほうがちょうどよかったというのもある。

時々、蒼司からの視線を感じたが、全く嫌な視線ではないので気にせず掃除に没頭できた。

でも、本当にオシャレなお家だなぁ……

高級マンションの依頼はカジハンドには来ず、普段は戸建てが多い。自分と蒼司では住む世界が違うのだと肌で感じた。

まぁ、当たり前か……

使った雑巾を洗い、ふぅと深呼吸をして気持ちを落ちつかせると菜那は蒼司のもとへ向かった。

しばらく蒼司の視線を感じなかったのは、彼が仕事に没頭していたからのようだ。真剣に画面を見ながら手を動かしている。

……カッコいいな、ってなにキュンとしちゃってるの、私！

浮気されて、振られたばかりなのに他の男性にキュンとしてしまうなんて。

でも、蒼司が言っていた通り仕事に一生懸命な人って素敵だな、と思ってしまう。容姿うんぬんではなく、目の前にある課題に真剣に取り組んでいる姿は誰だってカッコいい。

「宇賀谷様、お仕事中に失礼します。リビングの掃除はある程度終わりましたので、お時間的に料理に移りたく、買い物に行きたいのですが……本当にご一緒されますか？」

「わぁ……凄く綺麗です。いつの間にか仕事に集中しちゃってたんだ。買い物ですよね？　もちろんです」

パソコンを閉じ、外した眼鏡をその上に置いた。

「じゃあ、行きましょうか」

「はいっ……」

近くに置いてあった小さな鞄を持って歩き出す蒼司の後を、菜那も鞄を持ってついていく。家を出て、エレベーターに乗り込んだ。

「本当にリビングが凄く綺麗になりました。インテリアとか、職業柄ついこだわって買ってしまうんですけど、その後の手入れが間に合わなくて」

菜那の隣に立つ蒼司は恥ずかしそうに目を細めて笑う。狭い空間だからか、蒼司の柔らかく低い声がやたら響いて聞こえた。

「職業柄……インテリアコーディネーターさんでしょうか？」

「いえ、私は建築士です。今更ですけど一応……」

蒼司は鞄の中から名刺入れを取り出し、名刺を一枚菜那に差し出した。

菜那は「ご丁寧にありがとうございます」と名刺を受け取り、まじまじと見る。

『UGY建築事務所　一級建築士・代表　宇賀谷蒼司』と名刺に記されていた。

「わ……建築事務所の社長さん……」

「個人でやっているので社長っていうのもなんか違いますけど。家で仕事をしている分、散らかってしまうんですよね。まぁ仕事を言い訳にしているだけですけど」

「いいえ、家を設計できるなんて尊敬します。仕事に集中していたらなかなか家事まで手が回りませんよ。当たり前です」

自分に誇れる仕事があるって凄いなぁ、と菜那は率直に思った。

「え……？」

ふわっと爽やかな柑橘系の匂いが鼻を抜ける。蒼司が菜那の顔を覗き込んだ。

「私には家事のできる堀川さんのほうが尊敬できますよ」

蒼司に見つめられ、痛いくらいに心がドクンと反応した。次第に鼻の奥がツンと痛くなってくる。

「……私はそんな」

家事しかできることがない、なにもない空っぽの人間なんです。

そう口にしたら涙がこぼれてしまいそうな気がして、菜那は蒼司から顔をサッと背けた。

「ハンバーグ！　チーズ入りがいいですか？」

視線は蒼司からずらしたまま、菜那はポンポンと跳ねるような明るい声を出して話を逸らす。

「チーズ、いいですね。食べたいです」

「で、ではそういたしますね」

蒼司の「楽しみです」という声と同時にエレベーターが三階で開いた。一人の男性が入ってきたと思えば、蒼司の腕が囲い込むようにして男性から菜那の姿を隠す。

……う、宇賀谷様？

ぶつかりそうなほどたくさんの人が入ってきたわけではないのに、ほんの少し動いたら蒼司に触れてしまいそうな距離まで身体が近づき、緊張が走る。

もしかして入ってくる人の邪魔になってたのかな……？

菜那は顔を上げて蒼司を見た。

「あ、あの……宇賀谷様？」

なるべく人に聞こえないよう小さな声を出す。

「はい？」

小さすぎて聞こえなかったのか、蒼司は顔を傾け菜那の顔に近づけた。柑橘系の香りが段々とムスクの香りに変わっていくのを感じる。

顔っ、近いっ……

サラリと蒼司の髪が菜那の頬を擽《くすぐ》った。バクバクと心拍数は上がっていくばかりだ。

この状況は一体なに？

「あっ、その——」

ポーンっとタイミングよくエレベーターが一階に着き、先に男性が降りていった。

「宇賀谷様、私達も降りないと……」

「あぁ、そうでしたね。行きましょう」

エレベーターを降りると蒼司がピタリと立ち止まった。

「宇賀谷様、どうかなさいましたか？」

「大丈夫、ですか？」

菜那を見つめる蒼司の漆黒の瞳にはなにやら心配の色が見える。

「えっと、なにがでしょうか？　あ、もしかしてハンバーグが作れるかって心配ですか？」

「いえ、なんだか堀川さんの瞳が潤んでいるように見えたんですが……」

「っ……」

ドキッと心臓がまた高鳴った。

もしかしてバレちゃってたのかな……隠したつもりだったんだけど……

「あの、その……」

すぐに言い訳が思いつかず言葉を詰まらせていると、蒼司がふわっと優しい笑顔を見せた。

「買い物に行きましょうか」

「……はい」

本当に優しい人なんだなぁ……

きっと自分の様子がおかしいことに気が付いて、理由を聞かずに話を流してくれたのだろう。蒼司の優しさに身体の芯からじわっと熱くなりながら、歩き出す彼の後をついて歩いた。

「こちらです」

マンションを出て、地下にある駐車場のパールホワイトのセダン車の前で蒼司が止まった。

助手席側のドアを開け、蒼司は「どうぞ」と菜那をエスコートする。

「あ、ありがとうございます。失礼します」

ぺこりと頭を下げ、緊張しながらも菜那は助手席に乗り込んだ。すぐに蒼司も運転席に乗り、静かにエンジンをかける。

「じゃあ、近くのスーパーに向かいますね」

「……お願いします」

ゆっくりと車が動き出し、地上へと顔を出す。

「堀川さんは普段から自炊なされているんですか？」

蒼司は運転をしながらチラッと菜那を見た。

「私ですか？　そうですね、一人暮らしなので割と自炊します」

「偉いですね。私は基本外食ですませてしまうので今日の料理がとても楽しみなんです」

本当に楽しみ、と書いてあるような表情をしている蒼司を見て、菜那は思わず顔を窓側に逸らしてしまった。

そんなに料理に期待されてるんだ……

嬉しい半面、少し不安も感じた。

——お前っておかんみたい。

ふと元カレに言われた言葉が蘇り、窓ガラスに映る自分が明らかにショックを受けている顔をしていた。

宇賀谷様にもそう思われたり、料理が口に合わなかったりしたらどうしよう……

蒼司の反応が怖くなったが菜那は無理やり口角を上げ、笑いながら蒼司を見る。

「精一杯頑張らせていただきます」

多分、上手く笑えていたと思う。これは自分の問題であって、お客様の蒼司にはなんの関係もないことだから——

運転のために前を向いている蒼司と目が合わないことが唯一の救いだった。

「得意な料理はなんですか？」

「ん〜、そう言われるとポンっと出てこないですね」

「では、カジハンドではいつから働いているんですか？」

「もう八年になります」

蒼司が簡単な質問を投げかけてくれたおかげで終始穏やかな空気のまま、あっという間にスーパーに着いた。

店内に入り、菜那がカートを掴もうとするとスッと蒼司の両手に阻まれた。

「あの、宇賀谷様、カートは私が」

「私の買い物なので。飲み物とか重い物も一緒に買いたいですし。さ、行きましょう」

菜那は進み出す蒼司の一歩後ろを歩いた。すると蒼司が振り返る。

「堀川さん、私の隣を歩いてくれませんか？」

「へっ!?」

「ははっ、驚きすぎですよ。買い物するのに後ろだとカゴに入れづらいでしょう？　隣に来てくれると私も助かります」

くすくすと笑う蒼司を見て、菜那の顔が赤く染まる。

あぁ、そういうことっ……！

隣を歩くだけなのに、なぜか過剰反応してしまった自分が恥ずかしい。とととっと小さく走り、蒼司の隣に並んだ。ちらっと蒼司を見上げると嬉しそうに目を細めている。

「ハンバーグの材料、買いましょうか」

「はい」

歩き出した蒼司の隣に菜那も並んで歩く。野菜コーナーから回り、玉ねぎや人参、他の野菜もカゴに入れながら進み、肉コーナーで牛豚の合い挽き肉を手に取った。

「ある程度選び終わりましたので、宇賀谷様のおっしゃっていた飲み物のほうへ行きませんか？」

合い挽き肉をカゴに入れながら菜那は蒼司を見る。

「あぁ、そうでしたね。じゃあ行こうかな」

「はい。もちろんです」

二人で歩幅を合わせながら歩いていく。「これ美味しそうですね」「これ珍しい」などと他愛のない蒼司との会話が楽しくてしょうがない。

ふと売り場の鏡に映る、菜那と蒼司の並んでいる姿が目に入った。

なんか、夫婦みたい……って！　なに考えてるの私っ！

カートを押してくれる優しい旦那様。その隣を歩く自分。

そう妄想してしまった恥ずかしさでパッと売り場の鏡から目を逸らした。

……そういえば、こうして誰かとスーパーで買い物をするなんて久しぶりかも。

樹生の家でご飯を作る時も、先に一人で買い物をしてから家に訪れていた。まだ学生だったころも忙しい母の代わりに一人で学校帰りにスーパーに寄っていたし、一人暮らしの今も仕事が終わってから一人でスーパーに行くことが多い。

誰かと一緒に買い物することがこんなにも楽しいなんて……

自然と菜那の頬が緩んでいった。

「堀川さんはどんな飲み物が好きですか？」

ドリンクコーナーに着き、ずらりと並ぶ飲み物を前に蒼司が菜那に尋ねる。

「私ですか？　そうですね……紅茶が好きです。ストレートでもミルクティーでも。宇賀谷様はなにがお好きですか？」

「私も紅茶好きです。コーヒーも同じくらい好きですけど」

そう言いながら蒼司はペットボトルのアイスティーとブラックコーヒーを数本取ってカゴに入れた。

「コーヒーがお好きなんですね」

こうして同じ時間を過ごしているだけで、蒼司の好きなものを少しずつ知れることが嬉しかった。

会計をすませると、蒼司が飲み物が入っているほうのエコバックをスマートに持ってくれた。小さな気遣いが嬉しくて、車に戻りながら菜那の頬はずっと緩んでいる。

「では、またお邪魔します」

運転席に座る蒼司と目が合い、微笑み合う。

「いえいえ。私のほうこそまたよろしくお願いします」

お客様のはずなのに、穏やかで優しい空気に心がホッとする。

だからだろうか、運転する蒼司の横顔を眺めながらいろいろなことが知りたくなってきた。

ハンバーグ以外になにが好きなのかな。

和食と洋食どっちが好きなのかな。

デザートとか甘いものは食べるのかな。

もっと知りたい、そう思う気持ちはきっとお客様を喜ばせたいと思う仕事への意欲だろう。もし、また蒼司の家に仕事で訪れる機会があれば、もっと笑顔を見たい、そう思った。

＊＊＊

デミグラスソースのかかったハンバーグから、ゆらゆらと湯気が立っている。

蒼司のマンションに帰ると、すぐに菜那は料理に取り掛かった。そしてメインのハンバーグにゆでブロッコリーと人参のグラッセを付け合わせ、白米を盛り付けたハンバーグプレートが完成した。

「宇賀谷様、できあがりました」

買い物から帰ってきてからも蒼司はパソコンに向かっていたので、そっと後ろから話しかける。

「凄くいい匂いがするなって思いながら待っていました。堀川さんの手料理、楽しみです」

ぐーっと両腕を伸ばしながら立ち上がった蒼司は、嬉しそうにダイニングテーブルに向かう。料理を目にするとクールな切れ長の瞳がまん丸になり、まるで子供が新しいおもちゃをもらった時のようにキラキラしていた。

「凄く美味しそうです。お店のハンバーグより綺麗です」

「そんな、普通ですよ。一般家庭の味かな、と思います。お口に合うかはわかりませんがどうぞ召し上がってください」

蒼司の食事の邪魔にならないよう、菜那はキッチンに戻った。

「あ、そうか、堀川さんは食べないのか……家事代行は初めてだから勝手がわからなくて、次は一緒に食べませんか？」

「え……？　一緒に、ですか？」

ダイニングテーブルに一人分だけ用意された料理を前に、蒼司は少しだけ肩を落としているように見える。一緒に食べたいとお客様から言われたのは初めてで、拭いていたお皿を思わず落としそうになった。

「あ、業務中だから規則があるんですかね。すみません、困らせてしまいましたね」

「いえ、困るだなんてことは。でも申し訳ございません」

「謝らないでください。業務外、ならいいんですもんね？」

まっすぐに菜那を見つめてくる蒼司とカウンター越しに目が合う。

「え……？」

「いえ、じゃあ食べようかな。いただきます」

蒼司は指の先まで綺麗に揃えて両手を合わせ「いただきます」をした。その姿があまりにも様になっていて思わず見惚れてしまう。

綺麗な姿勢……ってダメダメ、見すぎちゃ！

蒼司から視線を外し、菜那はキッチンの後片付けを始めた。使った調理器具を洗いながらふと顔を上げれば、蒼司の美味しそうに食べている姿が目に入る。

凄く美味しそうに食べてくれてる……

その姿が嬉しくて、ついチラチラ見てしまう自分がいた。

樹生と付き合っていたころ、料理を作って一緒に食べていても樹生はスマートフォンを片手に動画を見ているばかりだった。ただ黙々と食べるだけ。しまいには別れ際に「おかんかよ」と言われたこと、これは一生忘れられない気がする。

過去を思い出してモヤモヤした気持ちを拭きとるように、綺麗にコンロを掃除した。

よし、ピカピカになった！

片付けが終わったいいタイミングで、蒼司が食べ終えた皿をキッチンに運んできた。

「ご馳走様でした。久しぶりにとても美味しいご飯を食べられました」

お礼の言葉を言いながらふわりと優しい笑顔を見せる蒼司に、ぽわんと心が温かくなる。素直に嬉しかった。

あぁ、そうだ、私……

この言葉が嬉しくて、家事が好きになったんだ。

小学生の時、母のために目玉焼きを焼いただけの夜ご飯を初めて作った時のことを、今でも鮮明に覚えている。涙ぐんだ瞳の母の口から出た「美味しかった」という言葉が凄く嬉しかったことも。

——美味しかった。

そのたった一言が菜那の原動力だった。

「……堀川さん？」

蒼司の驚いたような声がする。いつの間にか菜那の頬に涙が一筋、伝っていた。

「あっ、す、すみません。本当に気にしないでくださいっ。あれ？　どうしたのかな？　目にゴミが入ったのかも」

溢れ出す涙を誤魔化そうと、なんとか苦し紛れの言い訳を言いながら、蒼司に背を向けた。

止まれ、止まれ。

何度も自分の服の袖で涙を拭くが一向に止まらない。それほど蒼司の「美味しかった」という言葉は、傷心していた菜那に深く突き刺さった。壊れてしまった蛇口のように涙が溢れ出る。

「っ……！」

ぎゅっと、背中に熱を感じた。

え……？

大きな身体が、菜那の泣き震える小さな身体をきつく抱きしめている。

「なにがあったかはわからないけど、我慢しないで泣いていいんですよ」

菜那を後ろから包み込みながら蒼司が耳元で優しく囁《ささや》いた。

「堀川さんはよく頑張っています。汚かった俺の部屋をこんなにも綺麗にしてくれて、美味しいご飯を作ってくれて、少なくとも俺は堀川さんにとても感謝しています」

「っ……、私、う、宇賀谷様の前で泣いてばっかりで……ごめっ、ごめんなさいっ……まだ仕事中、なのにっ……」

「気にすることなんてありません。誰だって泣きたくなる時はありますから。それが今だったたってだけです」

優しい言葉に更に涙が溢れ出す。

くるりと身体を動かされ、涙でぐしゃぐしゃになった瞳が蒼司の真剣な視線と絡み合った。

「宇賀谷、様……？」

そっと蒼司の大きな手が右頬に触れ、菜那の涙をぬぐいとる。

「堀川さん、今日は来てくれてありがとう」

「宇、賀谷様……」

傷だらけの菜那を包み込んでくれるような、優しい微笑みに吸い寄せられてしまいそう。

そっと抱き寄せられる。菜那は自ら蒼司の胸に顔を埋め、声を押し殺すように泣いた。

とんとんとん、と赤ん坊をあやすように背中を叩かれるが、それが妙に心地いい。

この人の腕の中はどうしてこんなにも安心できるんだろう。

蒼司の腕の中は菜那にとって特別な場所になりつつあった。

「堀川さん」

名前を呼ばれた時、タイミングよくスマートフォンのアラームがピピピ、ピピピと鳴った。まるで夢から現実へと引き戻す合図のようだ。菜那はハッと我に返った。

「あっ、えっと……お時間になってしまいましたので、これにて失礼いたしますっ！」

「えっ、ちょっとっ」

呼び止める蒼司のことを無視して、勢いよく自分の荷物を鞄に詰め込み、走り去るようにして蒼司の家を出た。

どどどどどどうしよう！　お客様相手になんてことをっ……

バックン、バックンと心臓が破裂しそうな勢いで動いている。エレベーターという小さな個室に一人だからだろうか。余計に心臓の音が大きく感じた。

どうしていいのかわからなくて逃げてきちゃったけど……でも……

菜那は両手で緩む口元を隠した。

嬉しかった。

蒼司の言葉が、温もりが、彼から与えられるものすべてが菜那の中に溶け込むように入ってくる。出会った時から彼は優しかった。だからきっと、傷だらけの菜那の心に彼は絆創膏を貼ってくれたのかもしれない。

「また、頑張ろう……」

頬を緩ませながら菜那はボソリと呟いた。

第二章　偽の恋人

蒼司の自宅を訪問した日から三日が経っていた。仕事終わりに母親の病院に通いながらも菜那の頭の片隅には必ず蒼司がいる。

何度も泣き顔を見られてしまった相手だからだろうか、菜那の中で蒼司は特別な存在感を放っていた。そのおかげか、樹生のことをふと思い出したとしても、全く悲しさを感じない。むしろ結婚する前に浮気が発覚してよかった、とさえ思い始めていた。仕事でも落ち込んでいたけれど、また頑張ろうという気持ちにもなれた。

そして今日、菜那はまた蒼司のマンションの前に立っていた。借りた傘とジャケットを手にし、作り置き料理用の食材も今日は先に買ってきてある。

「今日も頑張ろう」

初めて蒼司の自宅を訪問した後、蒼司はしっかりと菜那の評価もしてくれ、二回目の予約を取ってくれたのだ。情けない姿ばかり見せてしまっている自分が少し不甲斐ないが、今日は完璧にやってのけようと菜那は意気込んでいた。

インターフォンに指を伸ばす。

「大丈夫だ」

もう恐怖で震えることはない。けれど緊張でドクドクと鼓動が早くなる。

蒼司に抱きしめられて逃げるように帰ってきたあの日から、まだ三日しか経っていないのだ。まだ緊張がなくなることはない。

でも、仕事は仕事。ちゃんとこなさないとね！

インターフォンを押すとすぐに反応があった。

「はい」

「カジハンドの堀川です。本日もよろしくお願いします！」

「こちらこそよろしくお願いします。今開けますね」

ガラスドアが開き、菜那はマンション内へ入っていく。

蒼司の部屋に近づいていくにつれ、心臓が飛び出しそうなほど大きく跳ね続ける。

きっと、自分の弱いところばかり見られてしまっている羞恥心からの緊張なのだろう。

私は凄く緊張してるけど、さっきの宇賀谷様の声は落ち着いてたな……

大人の余裕を感じながら、菜那は鎮まらない鼓動と共に歩を進めた。

「ん？　あれって、もしかして……」

前から蒼司がこちらへ向かって歩いてきていた。仕事だったのか、ワイシャツ姿に眼鏡をかけている。

「堀川さん」

「宇賀谷様！　本日もどうぞよろしくお願いいたします」

菜那は小走りで近寄ると、蒼司の前でぺこりと頭を下げた。

「こちらこそ、堀川さんのハンバーグの味が忘れられなくてすぐに予約してしまいました」

「あ、ありがとうございます！」

ぱぁっと菜那の表情がほころぶ。蒼司の言葉が素直に嬉しい。お客様に満足していただけてこそ、やりがいのある仕事だから。

「堀川さん、それ貸してください」

蒼司は菜那の持っていた買い物袋をすっと手に取った。

ワイシャツの袖から高級そうな腕時計がキラリと光り、この人は自分とは別世界の人だったと思い出す。

「あっ……自分で持ちますので大丈夫です！」

慌てて手を伸ばすが、蒼司に「いいですから」と遮られてしまう。

「本当に、私の仕事ですのでっ」

「ん〜、そうですか。じゃあ、そっちのと交換しましょうか」

指をさしたのは菜那の腕にかかっていた蒼司の傘とジャケットだった。

交換するもなにも、これは宇賀谷様のなのに……

菜那は両手で傘とジャケットを持ち、蒼司の前に差し出した。

「あの日はありがとうございました。本当に何度お礼を言っても足りないくらいです。傘とジャケット、ありがとうございました」

「こちらこそ、わざわざご丁寧にありがとうございます」

蒼司は嬉しそうに微笑むと、傘とジャケットを片手で受け取る。

「じゃあ……」

買い物袋に菜那が手を伸ばすと蒼司はその手をスルーして歩き始めた。これではすべて蒼司が持っていることになる。菜那は歩き始めた蒼司の後を慌ててついていった。

「宇賀谷様っ、それでは話が違います！　私がなにも持ててないじゃないですかっ」

「ん～？　いいんですよ。それで」

後ろから話しかけた菜那のほうに少しだけ顔を向け、蒼司は満足げに口角を上げた。

「そんなっ……」

ひょうひょうと歩く蒼司の背中を見つめる。きっとなにを言ってものらりくらりとかわされてしまうだろう。もう諦めて蒼司に甘えることにした。実際、重い荷物を持って歩いていたせいで体温が上昇していたから助かった。

けれど、なんでだろうか。冬なのに顔も身体も、真夏の太陽の下にいるかのように熱い。

「じゃあ、どうぞ上がってください」

「し、失礼いたします」

火照った身体のまま玄関を上がり、リビングに入ると菜那はクリッとした大きな瞳を更に大きく見開いた。

「わぁ……」

もう散らかっている。あっという間に身体の火照りは冷めていき、目の前の光景にただただ驚いた。

菜那の驚いた様子に気が付いた蒼司は、恥ずかしそうに頭をかきながら口を開く。

「綺麗にしてもらったのに、すみません。どうも一人だと手を抜いちゃうというか、なんというか……って言い訳なんですけどね」

バツが悪そうに笑う姿がクールな外見とは裏腹で、凄く可愛く見えた。

菜那はクスッと笑いながら蒼司を見る。

「ふふっ、その気持ちわかります。私も一人暮らしなんですけど、料理するのが面倒で三日連続で鍋にすることもありますよ」

「へぇ、意外だ。でも手抜きっていいですよね、その分違うことに時間を使えますし」

ぽわんと心が温かくなる。

「そう、ですかね。……では、早速ですが本日のご依頼である作り置き料理に取り掛からせていただきます」

菜那は持ってきた買い物袋から順に食材を取り出していく。

蒼司は菜那の邪魔にならないよう「お願いします」と一言残して、ソファーに座った。くいっと中指で眼鏡を押し上げ、パソコンを打ち始める。

……手抜きをしてもいい、か。

蒼司の言葉が頭の中でこだまする。まさかそんな風に言われるとは思ってもいなかった。母の代わりになれるよう、いつも全力で走らなきゃと思ってきたから。

ジャガイモを洗いながら蒼司をチラッと見る。仕事に集中しているのか菜那の視線には気が付かないようだ。

「そんなこと言われたの初めてだったな……」

小さく呟きながら頬が緩む。

鍋に水を入れ、ＩＨクッキングヒーターの電源を入れた。制限時間は二時間。作り置きにぶり大根、手羽先のネギポン酢漬け、ジャガイモのそぼろ煮、白菜とツナのとろとろスープ、ほうれん草と塩昆布のナムル。更に、メンチカツを揚げ、ハンバーグを焼いて冷凍できるようにした。

テキパキと動き、菜那は次から次へと料理を完成させた。

事前に用意しておいてもらった保存容器にできあがった料理を詰め、冷ましている間にキッチンの掃除をすませる。

時計を確認すると残り十分といったところだ。

大変。せめて散らかっているものだけでも……！

菜那は急ぎ足でリビングの掃除を始めた。衣類を洗面所のカゴに入れ、床を軽く拭き上げただけでピピピッとアラーム音が鳴った。

あぁ、もう少し片付けてあげたかったな……

スマートフォンのアラームを止め、菜那は仕事中の蒼司の前に立った。蒼司も気が付いてパソコンから顔を上げる。

「宇賀谷様、お仕事中失礼します。本日ご依頼分の作り置き料理は完成しております。本当はお部屋も少し片付けられればと思ったのですが、間に合わなかったので……」

「今日の依頼は作り置きだけだったので掃除は大丈夫ですよ。美味しそうな匂いのおかげか仕事もはかどりました。見てもいいですか？」

「はい。ご説明させてください」

立ち上がった蒼司はキッチンへと向かう。

蒼司はずらりと並んだ料理を見て、目をキラキラさせている。素敵な大人の男性が、時たま見せる子供のような笑顔は反則だ。菜那の視線が蒼司に奪われる。

「どれも美味しそうです。食べるのが楽しみだ」

「よかったです。全部電子レンジで温めれば食べられますので。では、お時間になりましたので本日は失礼いたします」

ぺこりと軽く頭を下げ、自分の荷物を持った菜那は玄関へと向かった。

靴を履いている途中、後ろから蒼司に声を掛けられる。

「堀川さん」

靴を履き終えた菜那は立ち上がって蒼司を見た。

「はい、なんでしょうか？」

「また依頼してもいいですか？」

優しい笑みを見せる蒼司に自然と菜那の頬も綻《ほころ》ぶ。

「またのご利用をお待ちしております。宇賀谷様の負担が少しでも軽くなるよう全力で頑張らせていただきますね」

「ありがとう」

「では、失礼いたします」

菜那は深くお辞儀をした。蒼司の家を出る自分の足取りが軽い。

また、頼んでもらえるんだ。また、宇賀谷様に会えるんだ……

「嬉しいな……」

緩む口元で小さく呟き、マンションを出た。

＊＊＊

それからまた三日後、そのまた四日後と蒼司から二時間コースの依頼が連続であった。

時間めいっぱい家事をする中、雑談を交えるようになり、ほんの少し蒼司との距離が近くなった気がする。とはいえ相手はお客様、きちんと線引きをしているつもりだ。けれど蒼司の笑顔を見られることが嬉しく、つい張り切ってしまう自分もいた。

最初の依頼が来た日から二週間が経ち、菜那は今日も蒼司のマンションの前に立っている。

「宇賀谷様とお会いできるのもあと少しか……」

二週間後にはカジハンドは営業を終了してしまう。あと少しの期間、自分ができる精一杯の力で仕事に取り組もう。

キリッとした瞳でインターフォンを見つめる。

よし……

深呼吸をし、ドキドキしながらインターフォンへ指を伸ばす。ピンポーンと軽やかな音が鳴ると、すぐに蒼司の声が機械越しに聞こえた。

「堀川さん、今日も来てくれてありがとうございます。開けたので入ってきてください」

顔が見えなくてもわかるくらいに蒼司の声が弾んでいる。

「カジハンドの堀川です。失礼いたします！」

つられて菜那の声も弾む。軽い足取りでマンションの中へと入っていった。

五度目となると慣れたもので、自然と足が蒼司の部屋へと向かっていく。

「今日も頑張ろうっ」

お客様の笑顔のために。

その笑顔を見ることで自分も幸せな気持ちになれるから。

「今日の料理も気に入ってもらえるといいな……」

蒼司は菜那の作る料理を「美味しい、美味しい」といつも絶賛してくれる。今日も料理の依頼が入っているので、蒼司はご飯を食べるのを楽しみにしてくれているのだろう。

嬉しくて笑みがこぼれた。

でも、あの笑顔を見られるのはあと何回だろう……

しょぼん、と菜那の浮かれた気持ちがしぼみ始める。

って、ダメダメ。お客様の前では常に笑顔でいないとね！

菜那は口角を上げてニコッと笑った。

「堀川さん」

「え？」

目を細めて優しい表情をした蒼司が、今日も玄関の前で待っていてくれた。

彼はいつも菜那が来る前にドアの外に出て待ってくれている。紳士的でとても優しい人だ。

「宇賀谷様っ、本日もよろしくお願いしますっ！」

菜那は慌てて駆け寄り小さく会釈をする。

「こちらこそ。じゃあお入りください」

「はい。失礼します」

部屋に入りタイマーをセットした後、菜那は慣れた手つきで買ってきた材料を冷蔵庫にしまった。

「では本日はランチと作り置きということで、始めさせていただきます」

「はい。よろしくお願いします。私はいつも通り仕事をしていますので、なにかあったら呼んでください」

「かしこまりました」

流れるように最初の確認事項をすませ、蒼司はソファーに座って仕事を始めた。

ここ最近は数日おきに依頼を受けていたので部屋は全くと言っていいほど散らかっていない。

部屋の掃除はしなくても大丈夫そうかな……よし、美味しいもの作るぞー！

腕を捲《まく》り、気合を入れた菜那はさっそく料理に取り掛かった。

手際よく料理を進めていき、タコとブロッコリーのマリネ、ポテトサラダ、きんぴらごぼう、マッシュポテトの肉巻き、更に冷凍用に鶏つくねの甘辛焼きを作った。今日のランチはオムライスとコンソメスープだ。

よし、完成っ。

チラッと蒼司を見ると眉間に皺を寄せ、明らかに疲れた表情をしていた。

ずっとパソコンの画面を見てるんだもの、疲れるよね……

――少しでも彼の疲れを癒やしてあげたい。

そうだっ、卵がまだ残っていたはず……！　時間は……まだ大丈夫そう！

時計を見るとまだ終了時間まで四十分は残っている。菜那は冷蔵庫の中から卵を二個取り出した。

フライパンに水を半分入れて火にかける。ボウルに卵をパカッと割り、砂糖を入れてよく混ぜたら牛乳を入れてまた混ぜる。

茶こしはさすがにないか、ザルでいっか！

ザルを茶こしの代用とし、作った液をこしながら小さめのカップに注いだ。沸騰したお湯の中に器ごと入れ、十分ほどコトコトと火を通す。その間に別のフライパンを出して砂糖と水を煮詰める。甘い匂いが鼻腔を通り抜け、透き通った茶色のカラメルが完成した。

よしっ、あとは蒸して冷やすだけ。

いったん火を止めて、蓋をして十分蒸すためにスマートフォンのタイマーをセットする。

できあがるのは数時間後だけど、気に入ってもらえると嬉しいな……

先にランチを出そうと、仕事に集中している蒼司を驚かさないように近づく。すると、パソコンの画面になにかの建築物らしきものが３Ｄ表示されているのが見えた。次に映し出されたのはヨーロピアンテイストの広々とした部屋だ。

わ……宇賀谷様のお仕事、初めて見た……

見てはいけないのかもしれないと思いつつも、蒼司が手掛けている建築物を見てみたいという気持ちが勝り、じぃっと画面を見てしまう。

「凄い……」

思わず率直な感想が口から漏れた。

菜那の小さな呟き声にピクッと反応して蒼司が振り向く。

「びっくりした。全然気が付きませんでした」

「すみません、驚かせちゃいましたか？」

「ううん、大丈夫。凄いって、もしかしてこれを見てですか？」

画面を指さし、蒼司は首を傾げた。

「あ、そうです。見ちゃいけないと思いつつも……建築士さんって本当に凄いですよね。こんなに素敵な建物を設計できちゃうんですから」

菜那は瞳をキラキラさせながら腰を曲げ、パソコンの画面に顔を近づけた。

「私はホテルの設計をして部屋のデザインまで考えますが、こういった細かなインテリアなどはデザイナーさんのおかげなんですよ。私一人じゃ絶対にこんな素敵な部屋は作れない」

「なるほど。皆さんの力が集まった素敵なお部屋なんですね」

謙遜する蒼司にますます好感度が上がった。自分一人の手柄にするのではなく、しっかりと周りの人も大切にしている。やっぱり優しい人なんだな、と改めて思えた。

「私もこのスイートは凄く気に入ってて、あと半年くらいで完成予定なんです」

「……スイートルーム。どうりで豪華なんですね。こんなに素敵な部屋、死ぬまでに一回くらいは泊まってみたいです」

「完成したら堀川さんを招待させてくださいね」

「そんなっ、今の発言は――」

気にしないでください、と言いたくて顔を横に向けたら、目と鼻の先に蒼司の顔があった。

「っ……！」

ビクッと肩が跳ねる。

ち、近っ……

もう少し顔を大きく動かしていたら唇が当たっていたかもしれない。

お互いの吐息が掛かりそうなくらいの距離に、菜那のほうからバッと顔を逸らした。ドキドキして心臓が破裂しそうだ。

「堀川さん――」

蒼司が菜那を呼んだ瞬間、ピピピとスマートフォンのタイマーが鳴り響いた。

「あっ、タイマーが鳴りましたっ！　あの、作り置きの料理も完成しましたのでご確認をお願いいたします！」

恥ずかしさのあまり、声のボリュームがいつもより大きくなる。菜那は素早い足取りでキッチンへと戻った。

私、絶対顔真っ赤になってる……！

心臓がドクドクと速いスピードで動いているにもかかわらず、動かす手は慎重に、蒸していた容器をフライパンから取り出し、冷蔵庫へと移した。

眼鏡を外した蒼司が菜那の隣に立つ。

「どれも美味しそうですね」

感心した声をあげ、保存容器に綺麗に収まった料理をまじまじと見ている。

「お口に合えばよいのですが」

「どれどれ」

ひょいっと伸ばした手できんぴらごぼうをひとつまみし、口に入れた。

「ん、うまい！」

蒼司が弾けた笑顔を見せる。その笑顔に、嬉しさでドキッと胸が高鳴った。

また蒼司の長い腕が伸び、今度はマリネのタコを取りパクッと一口で食べる。

わ……

ペロリと汚れた指を舐める動作があまりにも色っぽい。人がつまみ食いする姿に思わず見入ってしまうのなんて初めてだ。

「堀川さんも食べてみてください」

「へっ⁉」

いきなりそう言われ間抜けな声を上げた時、ひょいっと口の中にタコが入ってきた。

「んんっ……！」

慌てて唇を閉じたものだから蒼司の指に唇が触れてしまった。

ゴクンと一気に呑み込む。

「あっ、ごめんなさいっ……！」

「なにがですか？」

蒼司は漆黒の瞳で菜那を見つめながら、ペロッと自分の親指を舐めた。

やっ……

舐めた指は菜那の唇に触れた指だ。その指を美味しそうに舐めた姿に思わず息が止まる。

まるで、自分の唇を舐められているよう。

蒼司はちゅっと音を鳴らして、指を唇から離した。

「凄く、美味しいですよね」

まっすぐに見つめられ、甘すぎる声に身体から力が抜けそうになる。

「あっ、お、美味しいと言ってもらえてよかったです！　で、では、冷蔵庫にしまっておきますので食べる時は温めてくださいね。あと本日のランチにオムライスとスープを用意してありますので、ダイニングテーブルに運ばせていただきます！」

緊張からか話すスピードが速くなる。比例するように手元も素早く動き、オムライスとカトラリーセットを持って蒼司の横をすっと抜け出した。

「宇賀谷様、お座りくださいっ」

ちょこまかと動く菜那の姿を柔らかに見つめながら、蒼司はダイニングテーブルの椅子に座った。

「では、切っちゃいますね」

ナイフを持った菜那がオムライスの卵を綺麗に割ると、とろりと半熟卵がチキンライスの上に流れ落ちる。

「わ……トロトロだ。これはお店を出せますね」

蒼司は宝箱を見つけた少年のように、瞳をキラキラさせてオムライスを見ていた。

スマートで優しい大人の男性なのに、こうして菜那の作った料理を目にした途端、少年らしさが垣間見えるのはやっぱり嬉しい。

――私だけが知っている宇賀谷様のような気がする。

同時に自分の中でモヤモヤとした感情が湧き上がる。

――この笑顔をいつも見ている女性がいるのかな。

広がりつつある黒い感情に、菜那はハッと我に返る。

「では冷めないうちに召し上がってください。作り置き料理は冷蔵庫の中にしまっておきますね」

「ありがとうございます。本当は堀川さんも一緒に食べられればいいのに、って、何回も言ってしまってますね、すみません」

「いえ、そのお心遣いが嬉しいです。ではゆっくり食べてくださいね」

菜那はキッチンに戻り、料理を入れた保存容器の蓋を閉める。

宇賀谷様、いつも私のことまで気を遣ってくれて優しいなぁ。

「おいしい」

弾んだ声が聞こえ、顔を上げる。蒼司がパクパクとオムライスを口に運んでいた。

こうして一緒に過ごすたびに蒼司の優しさに何度も触れ、温かい気持ちになる。

「よし……」

冷蔵庫に作り置き料理をしまい終え、先ほど冷やしておいた器を取り出した。カラメルをそのまま上からたっぷりかければ、プリンの完成だ。まだ冷え切っていないが、蒼司に一度見てもらおうと、菜那はプリンを持って蒼司の横に立った。

「あの、プリンを作ったのですがまだ冷え切っていないので、おやつに召し上がってください」

「わざわざ作ってくれたんですか？」

「材料があったので簡単なものですが……甘いものが疲れを少しでも軽減してくれるかなと思いまして……お嫌いでしたか？」

数秒間が開いた後に、蒼司が口を開いた。

「好きです」

菜那をまっすぐに見つめる。

「とても、好きです」

わかっている。彼はプリンを好きだと伝えてくれているのだと。それなのに、心臓が身体の中を走り抜けそうなほどバクバクと動いている。

「あ……は、い。よかったです……」

息が詰まる。灼熱の炎の中、酸素が薄まってしまったよう。返事をするのが精一杯だった。

「では後片付けをしますので……」

菜那は逃げ出すようにプリンを持ってキッチンに戻る。

蒼司にバレないよう、背面にある冷蔵庫のほうを向いてすぅっと大きく息を吸った。

――宇賀谷様の真剣な表情が脳裏から離れない。

ありえないことなのに、勘違いしそうになった。

あんな真剣な表情で「好きです」なんて言われたら……プリンのことってわかってるのにっ……！

気持ちを落ち着かせ、プリンを冷蔵庫にしまう。くるっとシンクのほうへ身体を向けた。カウンター越しに、オムライスを嬉しそうに食べている蒼司が見える。

……作ってよかった。

さっきまで壊れそうなほど速く動いていた心臓が、とくんとくん、とゆっくり穏やかな波のように落ち着きを取り戻す。

チラッと時計を見ればちょうど時間だ。蒼司はまだ食べている最中だが、指定時間に終わらせることが規則なので菜那は蒼司の横に立った。

「宇賀谷様」

「はい」

蒼司はスプーンを置き、時計に視線を移した。

「あぁ、もうこんな時間なんですね」

名残惜しそうに蒼司も立ち上がり、菜那と向き合う。

「はい。お時間になりましたので本日は――」

終わりの挨拶をし始めると、ソファー前に置かれたテーブルの上で蒼司のスマートフォンが鳴り響いた。けれど蒼司は電話に出る気はないようで、菜那の前から動かない。着信音は切れることなく、鳴り続けている。

「あの……お電話が鳴っていますので、お気になさらず出てください」

「いえ、後でかけ直しますから」

「ですが、急な用事かもしれませんし……」

「……すみません、すぐ終わらせるんで、待っていてもらえますか？」

「わかりました」

蒼司は軽く頭を下げながらテーブルの上のスマートフォンを取り、少し表情を歪めた。ほんの数秒、画面を眺めてから耳に当てる。

菜那はお客様の話を聞いてはいけないと思い、シンクを磨き始めた。

「はい」

初めて聞くような低くて硬い蒼司の声に驚いた。

今の声って宇賀谷様だよね？　別人みたい……

聞いてはいけないとわかっているのに、蒼司の普段とは違う様子が気になってつい聞き耳を立ててしまう自分がいる。

相槌を打ちながら額に手を当て、明らかに困っている顔を蒼司は見せていた。

仕事でなにかあったのかな……？　って、お客様のプライベートに踏み込んじゃダメダメ。

キュッキュッと音が鳴るくらいにシンクを綺麗に拭き上げて気を紛らわせる。

「何度も言ってるけど、俺は行かないからな」

「……いるんだよ。俺には決めた人が」

「勝手に話を進めるなよ。……って、切られたか」

――決めた人。

その言葉が菜那には妙にはっきり聞こえた。決めた人とは誰だろう。

一般的に考えられるのは結婚相手だと思うが、蒼司の家には女の人の影は感じない。

じゃあ、一体誰のことなんだろうか？

バレないようにちらりと横目で見ると、前髪をかきあげ、蒼司は大きくため息をついている。さりげなく見たはずなのに一瞬でばれてしまい、蒼司と目が合った。

「っ……！」

心臓を射抜かれてしまいそうなほどの鋭い目つきに思わず肩がビクッと震える。

蒼司のこんなにも鋭い瞳を初めて見た。

普段はクールな顔つきだが、蒼司はとても穏やかで優しく笑う。そんな彼にこんな瞳をさせるなんて、一体電話の相手は誰だったんだろうか。思わず身体に変な力が入ってしまう。

「宇賀谷様、大丈夫ですか……？」

「あぁ、すみません。驚かせてしまいましたよね」

小さくため息をついた蒼司の瞳はもういつも通りに戻っていた。

菜那の身体もゆっくりと強張りが解けていく。

「いえ、そんなことは……」

カウンター越しに話していると蒼司が困ったように笑いながら戻ってくる。

「父からの電話だったのですが、パーティーに出席しないとお見合いをさせるって言われてしまいまして」

「おっ、お見合いですか!?」

思わず手に持っていた布巾をギュッと握りしめる。

宇賀谷様がお見合い……

ちくっと針で心臓を突かれたような痛みがあった。

「ええ、でも私としてはどうしてもお見合いを回避したくて……パーティーに参加すればお見合いを断れるのですが……」

蒼司は菜那の前でピタリと立ち止まった。

ふいに真剣な瞳で見下ろされ、菜那の身体がビクリとする。

「堀川さんに一つお願いをしてもいいでしょうか？」

「お願い、ですか……？」

「私の恋人として一緒にパーティーに参加してもらえませんか？」

「はい……？」

パーティー？　恋人？　誰の？　誰と誰が？

蒼司の言葉がなかなか理解できずにきょとんとしていると「堀川さん」と力強い声で呼ばれ、ハッと我に返った。

「あ、あの……パーティーっておっしゃられていたような……」

「言いました。恋人として一緒にパーティーに参加してもらえないでしょうか？」

「その、恋人、というのはどういうことでしょうか……？」

頭が上手く回らず、彼女、パーティー、お見合いといろんなワードがぐるぐるしている。ずっとこのままの状態だとふらふらと倒れてしまいそうだ。

「あぁ、説明不足でしたね。お見合いを回避するための条件が、父の勤めている会社の創立記念パーティーに恋人を連れてくることなんです。その恋人役を堀川さんにお願いしたいんです」

真っ黒な瞳の中から、希望を求める小さな光が菜那を捉える。

何度も助けてもらった人からの頼みごとを「無理です」と断るなんてできるわけがない。けれど、「はい、喜んで！」と即答できるほど、菜那も自分に自信があるはずがなかった。

それに、お見合いを回避したいということは、やはり蒼司には『決めた人』がいるのだろう。

宇賀谷様の恋のお助けを私がするってこと、だよね……？

なぜか今度はグサッと心臓をフォークで刺されたような痛みが走った。

でも、宇賀谷様の力になれるのなら……

「私なんかでいいんでしょうか……」

少し、声が震えそうになる。自分に自信もない。取り柄もない。できることは家事だけ。それでも蒼司の力になれるのだろうか。

「私は堀川さんがいいんです。こんなこと堀川さんにしか頼めませんから」

……私にしか頼めない。

その言葉が嬉しかった。自分にしかできないこと。もう答えは一つだ。

菜那は蒼司の瞳をまっすぐに見つめる。

「わかりました。私で力になれるのでしたら参加します」

何度も自分を助けてくれた蒼司の役に立ちたい。その思いで菜那はハッキリと口にした。

「堀川さん……」

蒼司の瞳の光が大きくなったような気がする。

「ありがとうございます。急なんですけど、実はそのパーティーって明日なんです」

「へっ？　明日ですか!?」

菜那の驚きを含んだ大きな声が広いリビングに響いた。

＊＊＊

まるでイルミネーションのようにキラキラ輝く、色とりどりのドレスがずらりと横一列に並んでいる。自分には不釣り合いな場所だと思いながらも、美しいドレスに菜那は目を奪われていた。

「凄い……どれも素敵で私には似合わなそう。でも可愛いなぁ」

ドレスショップに来たことがなかった菜那は、ドレス以上に瞳をキラキラさせている。

昨日、蒼司に頼まれたパーティーに参加するため、ドレスを持っていなかった菜那は蒼司に連れられてこの店に来た。

「堀川さんの好きなものを選んでください」

菜那の隣に立った蒼司はグリーンのカクテルドレスを手に取り、そっと菜那に合わせた。全身鏡に菜那と蒼司が映る。ダークネイビーの三揃いスーツを着た蒼司はカッコよさと色気が混ざりあい、見ているだけでもクラクラしそうになる。鏡に映る菜那は頬を紅色に染めているのに、蒼司は余裕そうだ。

「堀川さん、グリーンも似合いますね」

「あ、ありがとうございます。でも、やっぱり自分で払います。こうやって素敵なお店に連れてきてもらえただけで十分です……！」

「なに言ってるんですか。私が無理に頼んだんですから、そのくらいさせてください。パーティーが始まる夕方までまだ時間があるからゆっくり選びましょう」

「お言葉に甘えてしまっていいのでしょうか……」

「もちろんです。堀川さんに一番似合うドレスを選びましょうね」

グリーンのドレスを元の場所に戻しながら、蒼司は優しく微笑んだ。

「あ、ありがとうございます……」

切れ長の目が柔らかく細められるその瞬間は、菜那の心がぽわんと温かくなる時でもある。

一着ずつ、ドレスを見ながらゆっくりと歩いていく。菜那の足がピタリと止まった。

わ……これ可愛い。

淡いピンクのフラワーレースが印象的なドレスだ。デコルテが透け感のあるシアーレースで露出しすぎていない。フェミニンかつ、上品なデザインだ。

このドレスが着てみたいかも……

思わず手が伸び、そっと淡いピンクのドレスを手に取る。膝丈のスカートにもすべてフラワーレースが施されていた。

「このドレスがお気に召しましたか？」

ふわっと爽やかな香りが鼻腔を擽《くすぐ》る。菜那の肩から覗き込むようにして蒼司が顔を出している。

ち、近いっ……

いつも思うが蒼司はやたら距離感が近い。本人は全く気にしている様子はないので、元から距離感が近い人なのだろうか。でも、緊張するだけで嫌なわけではない。爽やかな香りも、菜那の好みだ。

「は、はい。可愛いなぁって。でも、似合うかどうかは別なんですけどね」

蒼司は菜那からドレスを優しく受け取り、菜那の身体に合わせた。

「うん。とても似合いますよ。ピンクも肌の白い堀川さんによく似合いますね」

「そんなことはっ……」

話すたびに蒼司の吐息が菜那の耳朶《みみたぶ》を熱くする。後ろから抱きしめられているような体勢に緊張で肩に力が入った。

「着てみてください」

コクリと頷くと、ガチガチに固まった肩を蒼司に抱かれ、試着室まで誘導された。

女性スタッフの手を借りてドレスに着替える。

「わぁ……」

全身鏡に映った自分を見て思わず息を呑んだ。着ているものが違うだけで別人のように感じるなんて初めてだ。

だが、高揚感はあるもののやはり似合っているのかどうかは不安がある。女性スタッフは「お似合いですよ」と褒めてくれるがお世辞だろう。

でも……少しはましに見えるしこれなら宇賀谷様の隣にいてもセーフ、なのかな……？

「堀川さん、どうですか？」

コンコンと試着室のドアが鳴り、蒼司の声が聞こえた。

「あ、今行きます」

ドクドクと心臓が動き出す。蒼司はなんて言うだろう。似合わない、とは蒼司の性格を考えると言うはずがないだろうけど、やっぱり不安だ。

意を決してドアを開けるとすぐに蒼司と目が合った。

蒼司の目が一瞬大きく見開き、視線が頭の先からつま先まで動く。そしてピタリと止まった。

や、やっぱり変だったのかも……言葉が出ないほど似合わないんだ……

恥ずかしさで、菜那はドレスの裾をきゅっと両手で掴んだ。

「あ、あのやっぱり着替えてきますっ！」

「ちょっと待って」

蒼司は力の入っていた菜那の腕を解くように掴み、引き寄せた。

「えっ……」

「凄く似合ってます。綺麗すぎてすぐに言葉が出てこなかったんです」

頭をかき抱かれ、小柄な菜那はすっぽりと蒼司の中に包み込まれる。

「う、宇賀谷様⁉」

「綺麗すぎて、誰にも見せたくないな」

蒼司がぼそりと呟いたが、自分の心臓の音がうるさすぎて菜那にはしっかりと聞こえなかった。

「え……？　あの、そのっ、近すぎるといいますか……」

蒼司に抱きしめられ、全身の血液が沸騰したかのように沸き上がる。身体が熱くて溶け出してしまいそうだ。

「恋人役の練習です。少しは慣れておかないとバレてしまいますからね」

「あぁ、なるほど……」

恋人役の練習……

「でも、その……そろそろ、いいですか？」

喉までも熱くて、言葉を出すのが精一杯だ。とてもじゃないけれど、蒼司の身体を押し返す力も出ない。

「離したくないな」

「へ……？」

菜那が顔を上げると、真剣な表情の蒼司と目が合う。

「宇賀谷様……？」

「なんでもありません。このドレスにしましょうか」

すっと蒼司の身体が離れる。けれど、まだ蒼司に抱きしめられているように菜那の身体には熱が残っていた。

「あ、ありがとうございます……」

赤くなった菜那の頬を蒼司の手がそっと包み込む。

「顔、真っ赤。もう少し恋人役の練習しておかないといけないかもしれませんね」

「すみません……つい緊張してしまって……」

触れられた頬が熱く、燃えそうだ。菜那は思わず、すっと顔を逸らした。

「恋人役なんて無理なお願いをしてしまってすみません」

蒼司の少し悲し気な声に菜那は逸らした顔を慌てて戻す。

「いえっ、私で力になれるのなら……!　緊張しないように頑張りますね！」

「堀川さん、ありがとう」

蒼司の柔らかな笑顔。いつもこの笑顔を向けられている女性が他にいるんだと思うと、なぜか胸が痛んだ。

偽の恋人役くらいどうってことない。蒼司が幸せになるための手助けができるのなら。

そう思っているはずなのに、熱くなっていた身体はいつの間にか雨に打たれたように冷たくなっていた。

＊＊＊

宇賀谷ホテル創立六十周年記念パーティー。宇賀谷ホテルとは日本で超一流と有名なホテルだ。高級ホテルとは縁もゆかりもない菜那でさえ知っている。

「嘘、でしょう……？」

初めての高級ホテルのバンケットホール。オーナメント柄の絨毯に、上を見ればシャンデリアが何個も均等にぶら下がり眩しいくらいに輝いている。各テーブルに豪華な料理がたくさん用意されていて、ウエイターがシャンパンを配っていた。

菜那は蒼司のパートナーとして淡いピンクのドレスに身を包み隣に立っているが、あまりの場違いさに震えそうになる。

「あの、宇賀谷様はもしかしてこのホテルの……」

蒼司の顔を不安げに見上げた。

「私は次男ですね」

「えぇ!?」

菜那は大きく目を見開いた。

「あぁ、そういえば言ってませんでしたっけ？　ホテルを継ぐのは兄で次男の私はホテルにはあまり関わりがないのですが、やはり創立記念パーティーには顔を出さないといけないみたいで……」

「な、なるほど……」

菜那の声がどんどん小さくなっていく。蒼司が宇賀谷ホテル社長の息子だったとは思いもしていなかったからだ。

とはいえ、確かに高級そうな腕時計をしていたり、生活水準も高かったりと、腑《ふ》に落ちるところはたくさんある。そもそも、宇賀谷という名字は珍しい。創立記念パーティーと聞いて、父親の勤める会社のパーティーかと安易に考えていた自分に呆れてしまった。

「わ、私にちゃんと務まるでしょうか……」

「そんなに構えなくて大丈夫ですよ。でも、俺の側から絶対に離れないでくださいね」

「っ……はい……！」

さりげなく腰を抱かれ、蒼司にエスコートされる。

それなりに蒼司と接触したことはあったが、こんな風に身体のラインがわかるほどぴったりと触れられるのは初めてだ。

ひえ……緊張しちゃう……

菜那は思わず少しお腹を引っ込めた。

「菜那さん」

「へぇ!?」

突然名前で呼ばれ、驚きで声が裏返る。

「恋人ですから、名前で呼ばせてください」

「あぁ、そう、ですよね……」

心臓がバクバクと破裂寸前だ。

更に引き寄せられ、蒼司は誰にも聞かれないよう耳元で小さな声で話し出す。

「今、直線上にいるのが私の父親です。菜那さんは私と結婚を前提に一年付き合っている恋人、という設定を忘れないようお願いします」

「は、はいっ。承知いたしました」

「ありがとうございます。そろそろこっちに来ますね」

緊張で喉がカラカラだ。

一歩、また一歩と蒼司の父親が近づいてくる。

高級ホテルの社長だけあって、存在感が凄い。まるで高くて分厚い壁のようだ。あっという間にその分厚い壁は菜那と蒼司の目の前に立ちはだかった。

蒼司の父親はチャコールグレーの三揃いスーツを着こなし、短く整えた髪型がよく似合っている。親子だからか蒼司と目元がよく似ていて、思わず見惚れてしまう。蒼司が歳をとったらこんな感じになるのかな？　なんて想像までしそうになる。

「蒼司、ちゃんと来たんだな」

蒼司に話しかけているはずなのに、明らかに視線は菜那のほうを向き、身体の隅々まで見られているようだ。緊張で身体に無駄な力が入る。

「あぁ、来ないと見合いをさせると言ったのは父さんだろう？」

「そうだったな。で、そちらのお嬢さんは？」

蒼司の父親と目が合い、ゾクリと背筋に寒気が走った。圧倒的な強者のオーラに呑み込まれそうになる。でも、引き受けたからにはしっかりと蒼司の恋人役を演じなくては迷惑をかけてしまう。

菜那はピンッと背筋を伸ばし、強者のオーラに呑み込まれないようまっすぐ蒼司の父親を見た。

「初めてお目にかかります。蒼司さんとお付き合いさせていただいている堀川菜那と申します。ご挨拶が遅くなり申し訳ございません」

菜那は綺麗に背筋を伸ばしながら頭を下げた。脳天に刺さるような強い視線に、怖さを感じてなかなか頭が上げられない。

「菜那さん、もう頭を上げてください」

「あっ……でも……」

蒼司の温かな手が菜那の両肩に触れた。菜那を隠すように蒼司は身体の後ろにそっとエスコートする。

「父さん、電話で俺には決めた人がいるって言っただろう。堀川菜那さん、彼女が俺の大切な人。結婚を前提に付き合ってる」

「ああ、本当にいるとは思わなくて、悪かった。お前が見合いをしたくなくてついている嘘かと思ってな。菜那さんも申し訳なかった。でもだな……」

蛇のように絡みつく視線で父親は菜那を見た。

「本当に彼女、なんだろうな？」

「おい、失礼なこと言うなよ。彼女とは結婚を前提に真剣に付き合ってるんだ」

「いつからだ？」

「一年経つ」

まるですべてを見透かしているような父親の力強い瞳に、思わず目を逸らしたくなる。蒼司が目の前にいなかったら、瞬時に逸らしてしまっていたかもしれない。

でも……

少しでも蒼司の力になりたい。蒼司の父親が信じてくれるよう、ちゃんと恋人役を演じたい。

「あ、あのっ！」

菜那はぎゅっと両手を握りしめながら一歩前に出て、蒼司の隣に並んだ。

「私は、なんの取り柄もないごく平凡な女です。ですが蒼司さんのことは必ず支えてみせます。私、家事だけは得意なんです。仕事の忙しい蒼司さんを陰ながら助けていきたい、そう思っています。お父様の大切なご子息の相手ですから、もっとハイスペックな女性を望んでいたかもしれませんが、必ず私が幸せにしてみせます。私にとっても蒼司さんはとても大切な人なんです」

言い切ると、息が切れていた。でも、これできっと蒼司の父親も本物の彼女だと信じてくれたはずだ。それに、半分は本当の気持ちだから真に迫って伝えられたと思う。

目の前にいる父親は面食らった様子で目を皿のように丸くしたまま動かない。

そ、そりゃ、こんなに力説されたら驚くよね……失敗、だったかもしれない……

申し訳なくなり、不安を抱きながら蒼司の顔を見上げる。すると父親とそっくり同じような表情で、目を皿にして驚いていた。

な、なんで宇賀谷様も驚いているの……？

少し派手に言いすぎたのかもしれない。ここは笑って誤魔化すしかないと思った菜那はハハハと口角を無理やり上げ、笑顔を作った。

「わ、私ったら思ったことをべらべらと話しすぎてしまいました。申し訳ございません」

頭を下げたらそのまま自分が神隠しのように消えてしまったりしないだろうか、なんて非現実的なことが頭の中をよぎる。その場から消え去りたい思いで一歩さがり、蒼司の後ろに隠れようとした瞬間、手を取られた。そして蒼司に身体を引き寄せられる。

「えっと……蒼司さん？」

何事だろうと顔を見上げると蒼司は頬を赤く染めていた。

「父さん、もう彼女を紹介したんだからいいよな？　ほら、他にも父さんと話したそうにしている人は大勢いるんだから。俺達はこの辺で失礼するよ」

「ああ、家を継がないからといってフラフラされたら宇賀谷の名に傷が付くと思って心配していたが、お前にこんなにはっきりと物が言える相手がいて安心したよ。菜那さんだったな？」

蒼司の父親と目が合う。

「はい」

「蒼司のことを頼みます。宇賀谷ホテルを継がないとはいえ、蒼司の力を借りる時もあるだろう。その時は菜那さん、あなたの力もお借りすると思います。これからよろしくお願いしますね」

柔らかに笑った父親の顔が、とても蒼司に似ていた。

その笑顔を見て、本当の恋人ではないことに罪悪感を覚える。

でも、蒼司が『決めた人』だ。きっと蒼司の本当の相手になる人はいい人に違いない。

「はい。頑張ります」

菜那は精一杯の作り笑顔を見せた。

「父さん、もう話はいいでしょう？　行かせてもらうな」

「あぁ、また今度ゆっくり食事でもしよう」

ぎゅっと握った手を引いて、蒼司が動き出す。

「え、宇賀、蒼司さんっ、ちょっと……」

蒼司は半ば強引に菜那をパーティー会場から連れ出した。

背の高い蒼司は当然足も長くて一歩が大きい。今までは菜那に合わせてくれていたのか、歩くのが速いなんて思ったことはなかったのに、今はついていくので精一杯だ。

「宇賀谷様っ、どうしました？　やっぱりダメでしたかね？」

スタスタと歩いていた蒼司がピタリと止まった。いきなりだったから急には止まれず、菜那は顔面から蒼司の背中にぶつかる。

「ったぁ……、どうしました？　てっ、へぇ!?」

ふわりと身体が宙に浮いた。いや、正確には蒼司に抱き上げられ、地から足が浮いている。

「すみません。一刻も早くあなたと二人きりになりたいので、少し急がせてもらいますよ」

「え……？　どういう――」

意味ですか、と聞くはずだったのに思わず言葉を呑み込んでしまった。

見たことのない表情に胸がぎゅっと苦しくなる。瞳をギラギラさせているのに、眉を歪ませなにかに耐えている顔にも見えた。

長い廊下をお姫様抱っこされているせいで、通り過ぎる人達はあっけに取られていた。けれど不思議なもので、誰かに見られて恥ずかしいという気持ちが全くない。

それよりもどうして蒼司が急いでいるのか、なにを考えているのか、どこに向かっているのか。ただただ気になって、なぜか胸をドキドキと激しく鳴らしていた。

いつも冷静で、余裕のある蒼司をここまで焦らせているのは一体なんなのだろうか。

蒼司に抱き上げられたままホテルの一室に入った。バタンと勢いよく扉が閉まり、蒼司は乱雑に革靴を脱ぎ捨てる。

「あ、あのっ、宇賀谷様降ろしてくださいっ」

菜那の声が届いていたのか、いないのか。蒼司は菜那をベッドに背中からゆっくりと降ろした。

「えっ……ちょっと……」

真っ白なふかふかのベッドに降ろされた菜那は困惑を隠せない。ギシリとベッドを軋《きし》ませ、蒼司は膝を立てて菜那に覆い被さった。

「っ……!?」

この状況って……

付き合っていた彼氏の浮気に気が付かないような自分でも、さすがにわかる。菜那を見下ろす蒼司は完全に雄の目をしている。どこをどうして蒼司のスイッチが入ったのかは全くわからないが、もしかして彼は自分のことを女として見ているのだろうか。

「っ……」

囚われてしまいそうなほど鋭い瞳の奥で、炎が揺らついているように見える。大きくて温かな手が菜那の頬を包み込んだ。

「さっきの言葉、本気にしてもいいですか？」

「さ、さっきの言葉、ですか……？」

緊張で上手く喋れない。

「好きです」

低くてよく響く声が菜那の身体の中に流れ込む。

え……？

驚きすぎるとなんの反応もとれないようだ。蕩かされてしまいそうな蒼司の声だけが頭の中に残り、ただただ見つめ返すことしかできない。

「菜那さんのことが好きで好きで堪らないんです。今日だって、ドレス姿はとても綺麗なのに誰にも見せたくないなんて思ってしまったし……なにより、芝居とわかっていてもあなたの一言一言が本当に嬉しかった。本当はもっとロマンチックに告白しようと思っていたんですけど、もう我慢できなくて――」

そっと蒼司の親指が動き、菜那の小さく開いた下唇に軽く触れた。

「菜那さんが好きだ」

顔を逸らせばいいだけなのに、金縛りにあったかのように動くことができない。蒼司の熱い瞳が菜那を捉えている。

宇賀谷様が私のことを好き……？　そんな……なにも取り柄のない私を？　なんで？

「俺、結構わかりやすくアピールしてたつもりだったんですけど、本当に気が付きませんでしたか？」

「えっと……」

唇を動かそうとすると蒼司の指に上唇も触れてしまう。まるで自分から蒼司の指を食べようとしているみたいで恥ずかしい。菜那はほんの少しだけ頭を動かして頷いた。

「やっぱり全然気付いてなかったんですね。この可愛くて柔らかな唇にずっとキスをしたくて、我慢するのが大変だったんです」

下唇に触れていた蒼司の親指に少し力が入り、ふにゅっと押した。

「菜那さんを抱きしめるたびに、早く俺のモノにしたいって思ってた。俺の決めた人は菜那さん、あなたのことです」

そっと蒼司が身体を倒し、胸元が触れるギリギリのところで菜那に覆いかぶさる。

「俺は恋人のふりで終わらせる気はさらさらありません」

蒼司との距離はあと数センチ。そして菜那の耳元で囁《ささや》いた。

「俺を菜那さんの恋人にしてくれませんか？」

脳を擽《くすぐ》るような低くて甘い声に背筋がゾクゾクッと震えた。

「宇賀谷様が私の恋人……」

ようやく菜那が発した声はすぐに途切れてしまいそうなほどか細い声だった。それでも声に出して確認せずにはいられなかった。それにこの状況はいくらなんでも心臓に悪く、ふわふわの綿あめのような甘い雰囲気に流されてしまいそうになる。

「宇賀谷様っ……」

菜那はそっと蒼司の両肩を押し、身体を起こした。恥ずかしいけれど、蒼司の気持ちにちゃんと向き合わなければ。蒼司と向き合うようにベッドに座った。

えっと、ど、どうしよう……

なかなか言葉が出てこない。自分の気持ちがよくわからないのだ。

蒼司のことはとてもいい人だと思っている。優しくて、包容力があって、それでいて笑うと可愛い。見た目もカッコよくて完璧そうなのに、片付けが苦手なところも人間味があって魅力的だ。でも、そんな素敵な人に自分が釣り合うのかと言ったらそれはありえない。

それに今までの人生失ってばかりだったのに、新しいものを手に入れる自信がない。

――もし、また失ってしまったら？

もう次は耐えられなそうだ。今だって、蒼司との出会いが菜那を支えてくれたといっても過言ではない。いわば恩人、神様のように優しい人というカテゴリーなのだ。恋愛対象ではない、はず。

唇を噛み、両手でくしゃっとシーツを掴んだ。

どうしよう……

蒼司はなかなか話しださない菜那を急かすことなく、ただただまっすぐに見つめている。

上手く考えをまとめて話せないかもしれない。それでも今の自分の気持ちをちゃんと伝えなければ蒼司に失礼だ。菜那はごくりと生唾を飲み込み、覚悟を決めた。

「……私には宇賀谷様の恋人になる自信が、ありません。上手く恋愛することも多分、できないです」

「……もしかして、上手く恋愛できないっていうのは、出会ったころに菜那さんが泣いていたことに関係してる？」

握りしめていた両手がふわりと温かい手で覆われた。蒼司の大きな手が力の入りすぎていた菜那の手を優しくほどいていく。

本当に、この人はどうしてこんなにも優しいのだろう。自分なんかよりもっと素敵な女性がいるに決まっている。ギュッと胸が締め付けられ、鼻の奥がツンと痛んだ。

「そう、です。私五年も付き合っていた彼氏に浮気されていたんです。彼と結婚すると私は思っていました。でも違ったんです……だから、恋愛に嫌気がさしたのかもしれません。自分が次に誰かと恋愛するってことも今は考えられなくて……それに、また失ったらきっと立ち直れない」

「俺が菜那さんをいつか手放すとでも？」

「恋愛っていつか終わりが来ますよね……？　自分の気持ちがまだわからないんです。宇賀谷様にこうして思っていただけて嬉しい気持ちはあるんです。でも、すみません……」

菜那は視線を下げた。その先には蒼司の手に包み込まれている自分の手があった。この優しい手を一度手に入れてしまったら……失ってしまう時が怖すぎる。だから自分から握り返すことはできない。

「……嬉しいと思っていただけたんですね」

柔らかな声が落ち込んだ菜那の頭上に降り注ぐ。そしてグッと身体を引き寄せられ、力いっぱい抱きしめられた。

「う、宇賀谷様っ……」

菜那の両手が行き場を失いさまよう。

「まだ返事はいりません。よく考えてください。俺は長期戦になったって構いません」

「そんな……私はっ――」

「俺が、終わらない恋愛もあると証明してみせますよ」

身体が少し離れ、視線が絡み合った。まっすぐで、瞳を見ただけで本気なのだと伝わってくる。

そっと頭を撫でられ、蒼司の手が頬で止まった。

「本当に、あなたって人は俺を煽《あお》る天才ですね」

「え……？」

頬に冷たさを感じて驚いた。いつの間にか瞳から涙がこぼれ落ちている。

「俺はまだ可能性があるって思ってもいいですよね？」

「っ……」

ゆっくりと蒼司の顔が近づいてきた。

「俺のことが少しでも嫌だったら拒んで」

そんなのずるい。

近づいてくる唇を拒むことができなかった。

柔らかな感触が菜那の唇を包み込む。温かくて、心地いい。

優しく触れた唇がそっと離れていく。

「俺達はゆっくりと関係を進めていきましょう」

「宇賀谷様……」

もう一度優しく抱きしめられる。菜那はコクコクと頷くことしかできなかった。

どうして彼は自分の心を喜ばせる言葉をサラリと言ってくれるのだろう。なにもかも彼にはお見通しなのだろうか。

自分でもはっきりとわからないこの気持ちも。

だったらもう少し、考えてみようと思う。彼との未来を――

SIDE　蒼司

「生殺しだ……」

隣ですやすや眠る、あどけない寝顔。

菜那は泣き疲れたのかそのまますうっと眠ってしまった。頬に涙の痕が残っている。

「少し急ぎすぎたか……」

蒼司は菜那の髪を梳《す》きながら、その寝顔を眺めた。

にしても、無防備すぎるだろ……

我慢していたのに泣いている彼女が愛おしすぎて、キスをして、何度も抱きしめてしまった。

でも仕方ないよな……菜那さんが可愛すぎるのがいけないわけだし、あんなに嬉しいこと言われたら、演技だってわかっていても止められなかった……

少し気持ちを押し付けすぎてしまったかもしれない。でも——

好きだ。

たいして彼女のことを知りもしないくせに「好きだ」なんて言ったら、きっと説得力に欠けるだろう。そう思い、菜那との接点を作りたくて初めて家事代行を頼んだ。

仕事として招いたのに、彼女が自分の家の中にいると思うと浮足立ってしまって、気持ちを落ち着かせるのに毎回必死だった。

「こんな気持ちになるのは菜那さんが初めてだ……」

今でも鮮明に覚えている。彼女と初めて話したのは雪が降った次の日のことだった。

見かけた時、彼女は雪で滑った事故現場を見て悲しそうな顔で運転手の心配をしていた。

その日は自分が設計したホテルの工事の進捗状況を確認しに行った帰り道だった。散歩中にアイデアが浮かぶことが多い蒼司は現場から帰る途中でタクシーを降り、歩いていたのだ。

ただ前を歩いていた女性。他人の心配をしているくせに自分はなんだか危なっかしい。何度か凍結した地面で滑っていたが、ついに盛大に足を滑らせて後ろに身体が倒れかかった。

危ない、そう思うと同時に身体が動き、彼女を抱きとめていた。

『す、すみません！　助けてもらってしまって！　助かりましたっ』

自分の腕の中でしばらくなにが起きたのかわかっていない顔でフリーズしていたのに、とたんに耳まで真っ赤にして慌てだしたのだ。

可愛い。

率直にそう思った。

大きな瞳、自分の腕の中にすっぽりと収まってしまう小さな身体は、折れそうなほど細かった。表情もコロコロと変わり、ずっと見ていたいと思った。

その日はクライアントとの打ち合わせも入っており、すぐにその場を離れてしまったが後からどれだけ後悔したことか。

名前を聞いておけばよかった、連絡先を聞けばよかった、と。

実は、菜那を見かけるのはこの日が初めてではなかった。同じ道で何度か見かけていたのだ。菜那が歩きながら電話をしていた声がとても優しく、穏やかだったことが印象に残っている。それに、前から人が歩いてきた時も彼女はすぐに自分から避け、相手の邪魔にならないよう気を配っていた。いつも自分の目に飛び込んでくる存在だったのだ。

初めて接触して、近くで顔を見て、声を聞いて、一瞬で恋に落ちた。

その日は結局、彼女のことばかりを考えてしまい、仕事のアイデアが全く浮かばなかった。そのまま夕方になり、雨が降っていたが仕方なく散歩をすることにした。

「まさかすぐに会えるなんてな……」

菜那の寝顔を眺めながら思い出して、蒼司はボソリと呟く。

泣きながら、雨でびしょ濡れになっている菜那を見つけた時は本当に驚いた。

そして思わず抱きしめていた。震えながら泣く彼女を側で守りたいと思った。

どうして泣いているんだろう。彼女を泣かしたのは一体誰なんだ。

そう思ったが出会ったばかりの男に話すはずがない。自分には彼女に優しくすることくらいしかできなかった。

「菜那さん……」

雨の中、抱きしめている彼女の鞄から黄色のエプロンらしきものが見えていた。名札まで見えてしまっていて、『カジハンド　堀川菜那』と記されていた。不謹慎にもようやく彼女の名前を知ることができたと思った。そのおかげで蒼司は菜那としっかりとした接点を作れたのだ。

彼女と会う回数を重ねるたびに気持ちがどんどん膨れ上がっていった。

「ゆっくりとは言ったけど……アピールはやめませんからね」

ベッドの近くに置いてあったスマートフォンに手を伸ばす。カジハンドのホームページを開き、また予約を取る。

もちろん、堀川菜那指名で。

第三章　本物の恋人

心臓が一人でカーニバルを開催しているようだ。ドクドクと動いてはきゅうっと締め付けられるように痛んだり、とにかく慌ただしい。

「ゆっくりって言ってたのにっ……」

インターフォンに伸ばす菜那の指先がふるふると細かく震えている。これは冬の寒さのせいでも恐怖のせいでもなく、緊張からだ。

三日前、恋人のふりをしていたはずの蒼司に告白され、キスも自然と受け入れている自分がいた。

でも、返事はまだ保留にしている。そう簡単に受け入れられるほど心に余裕もなく、まだ蒼司に対しての感情が恋愛感情なのかわからないからだ。

「でも、ちょうどよかったのかもしれない……」

蒼司に伝えたいことがあったから。菜那はえいっとインターフォンを押した。

「はい、宇賀谷です」

声を聞いただけでドクンと心臓が反応し、キュンと痛んだ。

いつも通り穏やかな蒼司の声にどこかホッとする自分もいる。

「かっ、カジハンドの堀川です！　本日もどうぞよろしくお願いいたします！」

「ははっ、顔真っ赤ですよ。どうぞお入りください」

っ……恥ずかしいっ……！

菜那の頬が更に紅色に染まる。

「し、失礼いたします！」

ゆっくりと開いた自動ドアに菜那は勢いよく入った。まだ数回だが、既に通り慣れてしまった通路を進んでいく。

蒼司の部屋の前に着くとタイミングよく扉が開いた。

「菜那さん、今日もよろしくお願いします。早く会いたくて最短で予約してしまいました」

「そんな……」

蒼司が嬉しそうに笑うのでなんだか恥ずかしさが倍増する。

告白され、自分に好意があるとわかった途端に、蒼司の気持ちが透けて見えるようになるなんて。自分はどれだけ鈍感だったのだろう。

「寒かったでしょう、どうぞお入りください」

「お、お邪魔いたします」

蒼司は菜那を招き入れた。

玄関は散らかっていない。リビングに入ると、散らかって……いなかった。

「凄い。綺麗ですね！」

感動のあまり胸元で両手を合わせ、蒼司のほうを見る。照れ隠しなのか頭をかきながら蒼司は恥ずかし気に小さく笑っていた。

「少しは自分でやろうと思いまして。そしたら来てもらった時に、菜那さんは料理に集中できるでしょう？　美味しい料理をたくさん食べたいっていう貪欲な考えです」

「……なるほど」

菜那の頬が少し緩む。素直に嬉しかった。いつも料理を美味しいと褒めてくれ、菜那のことを気遣い、苦手だという掃除をしてくれた心遣いも。

「今日の料理も楽しみにしてます」

「はい。頑張ります」

「じゃあ、俺はいつも通り仕事をしていますので、なにかあれば言ってくださいね。頼まれていた食材はすべて冷蔵庫に入っています」

蒼司が両開きの冷蔵庫を開ける。菜那も一緒になって中身を覗くと、事前に頼んであった食材が頼んでいた量より多く入っていた。

きっとこれも足りなくなるより多いほうがいいと思った蒼司の気遣いだろう。まだ全然蒼司のことを知らないはずなのに、なぜかそう思えてしまう。

「たくさん作れそうです。事前に買い物をしていただき、ありがとうございました」

ぱたんと冷蔵庫を閉めた蒼司は菜那の頭に手を伸ばし、ゆっくりと撫でおろした。

「う、宇賀谷様……!?」

「菜那さんと一緒にスーパーに買い物へ行くのも楽しかったのですが、できれば二人っきりの時間が長いほうがいいなと思った、俺の下心ですよ」

髪に触れている蒼司の手を視線で追うと、そのまま頬で止まり、親指がちょんっと唇に触れた。

「っ……！」

驚き、目を見開いて蒼司の顔を見上げると、まるで宝石を眺めているようなうっとりとした瞳で菜那を見つめている。

も、もしかして……キス……？

そのまま蒼司の瞳に吸い込まれそうになる。心臓がバクバクと激しく騒ぎ出し、三日前に受けた唇の熱が鮮明に蘇ってきた。

仕事中は思い出さないようにって気を付けてたのに……！

今、キスをしてしまったら業務をこなせる自信がない。菜那はパッと顔を逸らしてキッチンボードの扉を開いた。

「あははっ、では宇賀谷様の邪魔にならないよう開始させていただきますね！」

「……はい。よろしくお願いいたします」

慌ただしく動き、恥ずかしさを消し去ろうとしている菜那を見て、蒼司はくすくすと上品に笑っている。

うぅ……

告白されたのは自分のはずで、待たせてしまっているのも自分のはずなのに、なんだか蒼司は余裕そうに見えた。

それにあのパーティーの日から、変わったことがある。蒼司は自分のことを俺と言うようになった。今まではお客様という壁があったはずなのに、いつの間にかかなり距離が縮まったように感じる。

蒼司が優しく菜那に笑いかけた。

「じゃあ、なにかあったら遠慮なく呼んでくださいね」

「わ、わかりました！」

勢いよく返事をし、菜那はすぐに料理に取り掛かった。

今日のメニューは筑前煮、ネギ塩レモンチキン、鶏もも肉と厚揚げの煮物、キノコの和風マリネと、電子レンジで温めたり、そのまま食べたりできるものばかりだ。

ドキドキとうるさかった心臓も料理をしているうちに冷静さを取り戻し、すべて完成したころにはすっかり心が落ち着いていた。カレーとミネストローネも作り、保存容器に小分けにして冷凍する。

「これでよしっ！」

すべてを作り終え、冷ましている間に洗い物をすませようとスポンジに洗剤を付けた。

「わぁ、今回も凄く美味しそうですね」

「っ……!?」

後ろから蒼司の声が聞こえ、振り返ると上半身裸の蒼司が首からタオルをかけて立っていた。普段から艶《つや》やかな黒髪が濡れて更に光沢を増している。ほどよく筋肉質で引き締まった身体だ。いつもは流されている前髪もお風呂上りだからかかきあげられていて、普段と違う姿に思わずドキッとしてしまった。

「な、なんで裸なんですか!?」

まともに見るなんて不可能だと判断した菜那はぷいっと顔を戻し、シンクの中のお皿を手に取った。

「あぁ、これはちょっと煩悩退散……じゃなくて、アイデアに行き詰まってしまったのでささっとシャワーを浴びてきたんです。そしたらいい匂いがするものですから、誘われるように来てしまいました」

「な、なに言ってるんですかっ」

背中に熱を感じる。シャワー上がりだからなおさら温度を感じてしまうのだろうか。恥ずかしさを紛らわすために菜那は次々とお皿を洗っていく。

「ん、美味しい。レモンの味がさっぱりしていていいですね」

蒼司がつまみ食いをしたようだ。横目でチラッと覗くと口をもぐもぐさせている。

……また食べてる。でも、気に入ってもらえてよかった。

嬉しくて、ふふっと笑みがこぼれる。

「本当に美味しいです。どうしてこんなに俺好みの味なんでしょうか?」

「え?　ちっ……」

もわんとした熱気を頬に感じ、横を向くと思わずつるっと皿を落としそうになった。

――近い。

蒼司が腰を曲げ、漆黒の艶《つや》やかな瞳で菜那の顔を覗き、捉えている。

「あなたのすべてが俺好みなんです」

「あっ……えっと……」

ようやく落ち着いてきたのに……

また、心臓が壊れそうになる。

息をするのを忘れてしまいそうになるくらい、蒼司の瞳から目が逸らせない。

「あの、私……」

どう返せばいいのだろうか。なんの言葉も出てこない。

私もですは違うし、私は好みではありませんも違う。

早く答えを返したい。でなければこのまま見つめられ続け、酸素不足で倒れるに違いない。けれど熱っぽい視線に捕まり、頭が思うように働かない。

どうしよう……なにか言わないと……

ぼうっとする頭をフル回転させて出てきた言葉がこれだった。

「あ、あのっ、私あと少しでカジハンドを辞めるんです！」

「え……？」

蒼司の驚きを含んだ声に思わずぎゅっと目を瞑《つぶ》ってしまった。こんなタイミングで言う予定じゃなかったのに、と心の中で後悔する。

「カジハンドを辞められてしまうんですか……？」

「はい……なので宇賀谷様の担当をできるのもあと数回かと思います」

本当は倒産だが、まだそのことは言えないので辞めると遠回しに伝えた。

「頼めるのもあと数回……」

明らかにしぼんだ蒼司の声を聞き、ゆっくりと瞼《まぶた》を開けると目が合った。寂し気な瞳にキュッと心が痛む。

「菜那さんは次の仕事先はもう決まっているんですか？」

「いえ……それがまだなんです。他の職種でもいいのかなぁと悩んでおりまして」

菜那は苦笑いしながら調理器具を洗い続ける。

人付き合いにも少し疲れを感じてしまったし、新しいことに挑戦したい気持ちがあるのは嘘ではない。でも特にコレに挑戦したい、というものがなかった。

学生時代、特別勉強ができたわけじゃない。運動もそこそこ、歌が上手いとか、絵が上手いとかも一切ない、なんの取り柄もない学生だった。毎日目の前のことに必死で、未来を見据えて勉強するなんて考えたこともなかったから。

今もなにに挑戦したいのかがわからない。自分の空っぽさに思わずため息が出そうになった。

「他の職種ですか……なら」

蒼司にトントンと肩を叩かれ、菜那は振り返る。

「俺のところに来ませんか？」

「へ？　宇賀谷様のところに？　事務員とかですか？」

菜那は首を傾げて蒼司を見た。すると拍子抜けしたように、蒼司は口を小さく開けて顎を触っている。

「あぁ、事務員か。確かにそれもいいかもしれません」

クスクスと笑いながら蒼司はソファーに置いてあったパーカーを取りに行き、着ながら菜那のほうへと戻ってくる。

「えっと……違いましたか？」

蒼司は「ええ」と頷くと菜那の二の腕をツンと人差し指で突《つつ》いた。

え……？

たった指先一本分の面積しか触れていないのに、そこから発火するような勢いで熱を感じる。

「菜那さんと結婚したいってさりげなく言いました。でも、あなたにはストレートに言わないとやはりダメですね」

「けっ……」

結婚――!?

ぐしゃっと右手で持っていたスポンジを強く握ってしまい、しゅわっと泡が溢れた。

「俺のところに来てからゆっくり考えて、なにか違うことに挑戦するのもありなんじゃないでしょうか？」

「けっ、結婚ってそんな……」

確かに少し前の菜那は早く結婚したいと思っていた。娘の結婚を望む母の願いを叶えてあげたいと思っていたからだ。

まだ付き合うかもはっきりと決めていないのに結婚だなんて……

展開の速さに気持ちがついていかない。

菜那は泡まみれになった右手を眺めた。しゅわしゅわと消えていく泡を見て妙に寂しい気持ちになる。この泡みたいに次々と自分の周りのものが消えてなくなってしまうのではないかと。

お客様からの信頼、五年も付き合った彼氏、ずっと働いていた職場が菜那から消えていく。

……宇賀谷様も？

カジハンドが潰れてしまったら蒼司との繋がりは消えてしまう。今は細い糸一本で繋がっているようなもの。会わなくなったら蒼司も自分のことを忘れてしまうのだろうか。

――それは嫌だ。

「菜那さん？」

「あ……はいっ！」

名前を呼ばれて我に返り、顔を上げた。

「すみません。俺がゆっくりでいいと言ったのに急かすようなことを言ってしまって。あなたとの接点がなくなってしまうんじゃないかと少し不安になって、焦ってしまいました」

あ……私、宇賀谷様と同じ気持ちだ……会えなくなるのは嫌だ。

「でもですね」

力強い声に菜那は思わず蒼司を見る。

「結婚したいと思っているのは本当です。菜那さんとの未来を真剣に考えているんです」

本気なのだと蒼司の声と表情だけで感じ取れた。未来を見据えた話に思わず息を呑む。

自分にはない『自信と強さ』を持っている蒼司が眩しく見えたと同時に、その光に呑み込まれてしまいたい、そう思った。

「だから菜那さん、俺とデートしてくれませんか？」

「へ……？　デート？」

素っ頓狂な声が出た。

「はい。やっぱりもう少しお互いを知れば、菜那さんの気持ちも固まるのかなぁと思いまして」

「まぁ、それは確かに……」

一理あるとも言える。

「決まりですね」

嬉しそうに笑う蒼司の顔を見ると、「行けません」と言えるはずがない。それに、少し楽しそうと思ってしまっている自分がいる。誰かとどこかに出かけるのなんて久しぶりだ。

菜那は蒼司を見て、ニコリと笑った。

「はい、楽しみです」

心の底から、そう思った。

＊＊＊

数日後、蒼司とデートの約束をした日になった。

「この格好、変じゃないかな……？」

白のワンピースタイプのニットは前ボタンのデザインが可愛くてお気に入りだ。明るいグレーのロングコートを身に纏《まと》い、足元は歩きやすいようにブラウンのショートブーツを履いてきた。お気に入りのパールのイヤリングが菜那の耳元で楽しそうに揺れる。お洒落をしたのは久しぶりだ。家を出るまでに何度も着替えてしまったくらい。

どこに行くのかな……

待ち合わせ時刻の午後一時より、三十分も早く最寄りの駅前に着いてしまった。

そわそわした気持ちを落ち着かせようと、菜那は深呼吸を繰り返しながら周りを見渡す。

緊張するっ……！

ドキドキしながら待っていると、待ち合わせ時間の二十分前に菜那の前に見覚えのある白いセダンがゆっくりと停車した。

「菜那さんっ、お待たせしてしまってすみません」

黒のパンツに白のスウェット、ベージュのロングコートを着た蒼司が運転席から降りてきた。カジュアルだけれど綺麗にまとまった私服姿に目を奪われる。蒼司はすぐに菜那の手を取った。

「寒かったでしょう。早く入って」

「あ、ありがとうございます」

菜那は助手席に乗ってシートベルトを締める。顔を上げるとじぃっと蒼司が菜那を見つめていた。

もしかして、この格好変だったかな……ちょっと浮かれすぎてた……？

小さな不安が芽生えるも、それは一瞬で吹き飛ばされた。

「今日の洋服、凄く似合ってます。可愛い」

一気に体温が上昇する。

「っ……あ、ありがとうございます。宇賀谷様も、その、カッコいい、です……」

「ははっ、ありがとうございます。じゃあ、行きましょうか」

「はい。お願いします」

心臓の速い動きとは正反対に、車がゆっくりと動き出す。

「菜那さんはイルカは好きですか？」

「イルカ、ですか？　そうですね、可愛くて好きです。もしかして今日は水族館ですか？」

「正解です。今日は一日楽しみましょうね」

運転している蒼司と目は合わないけれど、笑っている横顔を見ると嬉しい気持ちになる。

「はいっ、楽しみです！」

期待と緊張と、菜那のたくさんの感情をのせて、蒼司の車は水族館へと向かっていく。

「イルカ以外になにが好き？」

「ペンギンですかね」

他愛のない会話を繰り返すうちにあっという間に水族館に着いた。

二人で並んで歩き、館内に入る。入館料はいつの間にか蒼司がスマートフォンから決済をすませてくれていた。なにもかも手際のいい蒼司に菜那は感謝の言葉を繰り返す。

「わぁ、綺麗ですね！」

久しぶりの水族館に菜那のテンションはどんどん上がっていく。

緊張という感情はいつの間にかどこかに落としてきたようだ。大きな水槽の中を優雅に泳ぐ魚達を見て、菜那は瞳を輝かせていた。

「本当ですね。でも……コロコロ表情が変わる菜那さんを見ているほうが飽きないかも」

「へっ⁉」

菜那より一歩後ろから水槽を見ていた蒼司の言葉に、くるっと振り返る。

あ……

トクン、と優しく心が反応する。

蒼司の優しい笑顔が柔らかな水槽の明かりに照らされていた。いつもこの優しい表情に菜那は助けられていたから、蒼司の柔らかな笑顔を見ると心が温かくなる。

「あっちにはトンネル状の水槽があるみたいですから、行ってみましょう」

「あっ……」

そっと手を取られ、驚く隙もないまま指が絡む。

これって恋人繋ぎだよね……でも、嫌じゃないから……少しでもこの気持ちの答えにたどり着きたいから……

「はい、行きましょう」

菜那は解くことをせず、蒼司を受け入れた。まるで恋人同士のような気持ちになる。

楽しさと比例してドキドキする時間――

「やば、超絶イケメンなんですけど」

「まじだ。でも彼女あれ？　普通すぎない？」

「ちょっと、聞こえちゃうって～」

すれ違った女性二人組の声が菜那の耳をすり抜けていく。

宇賀谷様がイケメンなのはわかるけど、彼女って私のこと……？

水槽に映る自分達の姿が視界に入る。菜那よりも三十センチほど高い身長に綺麗な顔。お洒落で身につけているものすべてが気品に溢れているように感じる。

全然釣り合ってない……オーラが違うもんなぁ……そりゃ普通すぎるって言われちゃうや。

菜那の眉が自然と下がり始めた。

「菜那さん」

蒼司がピタリと止まり、菜那を見つめる。

「今日も凄く可愛い」

「っ……！」

みるみるうちに菜那の顔が真っ赤に染まっていく。

「ちょっ、宇賀谷様っ……！」

あわあわしている菜那を見て、蒼司が意地悪な笑顔を見せた。

「そんな顔されたらキスしたくなっちゃいますよ？」

菜那に近づいた蒼司は誰にも聞かれないよう耳元に囁《ささや》き、菜那はビクッと肩を跳ねさせた。

「なっ、なにを言ってるんですかっ」

ぷいっと顔を横に逸らすと、水槽に薄っすら自分の顔が映し出されている。明らかに、困るけど嬉しいと言っているような表情をしていた。

私……なんて顔してるの……

菜那はすっと蒼司との距離を開き、くるっと反対方向を向く。

「トンネル！　トンネルのほうに行きましょう……！」

前方向に指をさして菜那は先に歩き出す。

あっという間に満足そうな表情の蒼司が隣に並び、流れるような動きで菜那の手を搦《から》め捕《と》った。

「行きましょうか」

「……はい」

自分の鼓動が触れている指先から伝わってしまいそうだ。

離せばいいものの、なぜか自分から離す気になれない。この心地いい彼の体温をまだ感じていたい、そう思ってしまう。

急に可愛いだなんて、私が落ち込んでいるのに宇賀谷様は気が付いたのかもしれない……だから唐突にあんなこと……でも、嬉しかったな。

会話をすることなく、ただただ蒼司の体温を感じながら歩を進めた。

トンネル状の水槽にたどり着くと歓喜の声が漏れる。

「……凄い、海の中にいるみたいです」

左右を見ても、上を見ても優雅に泳いでいる魚達が視界に入った。水泡がキラキラと輝き、まるで宝石の中に閉じ込められたようだ。立ち止まり、うっとりとした表情で菜那は水槽を見つめた。

「本当に、海の中にいるみたいですね。こんな発想は凄いなぁ」

蒼司は水族館の構造にうっとりしているようにも見える。

ふふっ、宇賀谷様って本当に建築が好きなんだなぁ。

思わず蒼司の横顔を見て笑みがこぼれた。好きなものを好きだと素直に表せることはとても素敵だ。

どうしてこんなに素晴らしい人がこれと言って胸を張れることがない自分に興味を抱いてくれたのか、やっぱり不思議でならない。

「菜那さん、あの魚って食べられると思います?」

「え？　どれですか？」

蒼司はゆったりと泳ぐマンボウを指さしている。

「マンボウって唐揚げにして食べられるそうですよ。あ、そういえば菜那さんの作る唐揚げはまだ食べたことがなかったな。今度お願いしようかな」

魚を見ているはずなのに、料理のことを考えている蒼司に菜那は思わず笑ってしまう。

「ふふっ、宇賀谷様って意外と食いしん坊ですよね」

「それは菜那さんが作る料理が美味しいからですよ。決めた、次は絶対に唐揚げを依頼します」

「わかりました。唐揚げですね」

顔を見合わせて笑い合う。蒼司と一緒に過ごす時間が凄く楽しい。職場の人以外にこんなにも心を開いて話せるのは久しぶりだ。

思えば蒼司には転んだところを助けてもらったり、恋人に浮気されて泣いているところを見られてしまったりと、既に自分を曝《さら》け出しているからかもしれない。

そのまま自然と手を繋いだまま、水族館の中を歩き回った。

デートは最初から最後まで楽しく、時間があっという間に過ぎていく。

クラゲが展示された最終エリアを歩いていると、少しずつ足取りが重くなっていくように感じた。

ここを見終わったら出口だよね……もっと見たかったなぁ。

ふと蒼司を見上げると、目が合った。

「っ……」

薄暗い館内だがクラゲを照らす幻想的な光で蒼司の表情がよく見える。とても真剣な瞳で、まっすぐに菜那を見つめていた。

目が合ったのだからなにか言わなくちゃ、そう思っているはずなのに言葉が出てこない。時が止まったかのように蒼司の視線に打ち抜かれ、目を逸らすことさえできなかった。

「菜那さん――」

蒼司が菜那の名前を呼んだ瞬間、軽快なリズムが鳴り響いた。

「菜那さんのスマホじゃないでしょうか？　電話、出てもらって大丈夫ですよ」

菜那のスマートフォンがバッグの中で鳴っている。

「……大丈夫、です。後で折り返しますので」

「でも、ずっと鳴っていますし急用かもしれません」

急用という言葉に突然、ドクンと心臓が脈打った。

もしかして……とよぎる不安に並行して心臓がバクバクと鳴り響く。

「すみません。やっぱり電話に出させてもらいます」

「もちろん、どうぞ」

ペコリと蒼司に頭を下げて、菜那は自身のバッグからスマートフォンを取り出した。

やっぱり――

予感は的中した。薄暗い中、光るスマートフォンの画面には『病院』と表示されている。母の入院している病院からの電話だ。菜那は震える指で通話画面をタップした。

「もしもし――」

「あ、堀川さんのお電話で間違いないでしょうか？　お母様がリハビリ中に転倒されてしまい、念のため病院に来ていただけますでしょうか？」

バクバクと心臓の音が大きくなる。

「っ……！　すぐ行きます！」

ツーツーと電話の切れた音が右から左へと流れていく。スマートフォンを握る手がカタカタと細かく震え始めた。

どうしよう、怖い。もしかして、ただ転んだだけじゃなくて再発でもしたんじゃ……

負の感情に呑み込まれそうになる。

「菜那さん！」

「あ……」

冷えていく身体が優しく包み込まれた。何度も感じたことのある温もりに気持ちが段々と落ち着いてくる。

「大丈夫ですか？」

どうしてこんなにも優しい人なんだろう。

電話の内容もわかっていないはずなのに、菜那の動作一つで気が付いてくれた。柔らかな声に目頭が熱くなる。それと同時に蒼司に心配ばかりかけてしまっている自分が情けない。

自分がもっとしっかりしないと。

菜那は大きく深呼吸して、蒼司の腕の中からすり抜けた。

「……すみません。今日のところはここで解散でもよろしいでしょうか？」

菜那の瞳にはしっかり力が籠っていた。

ここで本当の理由を言ってしまったら蒼司は気を遣うに違いない。悟られないよう、必死で平静さを繕う。

「……なにかあったんですよね？　俺が菜那さん一人で帰らせると思いますか？　一緒に行きましょう」

「いいえ、大丈夫です。ただちょっと用事を思い出しまして……」

「嘘、つかなくていい」

力強い声に菜那は思わず目を見開いた。

「え……？」

「すみません、電話の内容が少し聞こえてしまっていて、菜那さんを一人で行かせるわけにはいきません。強がらなくていい、こんなにも手が震えてるじゃないですか」

蒼司に優しく包み込まれた菜那の両手は震えていた。心は強がっていても身体は正直だったのだ。

どうしてこの人はこんなにも私を大切にしてくれるの……？

「さぁ、急いで行きましょう」

菜那は声に出すことができずコクンと頷いた。

声を出したら堪えている涙が溢れ出してしまいそうだったから

＊＊＊

「なんだか雨が降りそうですね」

「けっこう寒いし、雪になりますかね？」

「菜那さん、大丈夫ですよ」

車に乗っている間も蒼司は菜那を励まし、気をまぎらわせるような会話をしてくれた。そのおかげか、一人でいる時よりも遥かに気持ちが軽く、病院に着いたころには気丈に振舞えるようになっていた。

「お母さんっ」

急ぎ足で廊下を進み、勢いよく病室の扉を開けた。

「あら、菜那。どうしたの？」

「へ……？」

母はベッドの上で起き上がり、雑誌を開いていた。鼻に管が通り酸素を入れられているが、なんだか元気そうに見える。顔色だってこの前に来た時よりいいように感じた。

「え……お母さん……大丈夫、なの？」

「全然大丈夫よ。やだ、看護師さん菜那に電話しちゃったの？　心配かけてごめんね。ただ転んだだけだから」

「そう、なんだ。でも酸素が繋がってるのは……」

「あ、これ？　ちょっと気合入れすぎたら息が上がっちゃって、全く問題ないわよ？」

その言葉にガクンと身体の力が抜けた。

「っと、危ない」

足の力が抜けた菜那を蒼司がタイミングよく抱き支える。

「あ、すみません……なんか気が抜けてしまって……」

「大丈夫ですよ」

蒼司を支えに菜那は立ち上がり、母のベッド横に立った。

「お母さん、本当に大丈夫なの？」

「本当に大丈夫よ。ところで、そちらの方は？」

「あ、えっと」

「もしかして……」

ジロジロと母は蒼司を見ている。

な、なんて説明しよう。仕事先のお客様でいいよね？　現にそうだし……

「あ、あのね、お母さんこの方は――」

パチンと手と手が合わされる音に菜那の声が消される。

「わかった！　新しい恋人でしょう！　やだぁ、すっごいイケメンじゃない」

キャッキャと喜んで母は菜那の腰を叩く。こんなに元気な母は久しぶりに見た。

「ちょっと、お母さんっ！」

「そういうことだったのね～。お母さんに言いづらくて黙ってたなんて水臭いじゃないのっ。これで一安心だわ」

「いや、そうじゃなくてねっ！」

「ねぇ、お名前は？」

なにを勘違いしているのか蒼司を菜那の彼氏だと思っているようだ。珍しくテンションの上がり切っている母は菜那の話を遮り蒼司を手招く。

一歩後ろにいた蒼司がたぐり寄せられるように菜那の横に立った。

「ご挨拶が遅くなり申し訳ございません。私、菜那さんと結婚を前提にお付き合いさせていただいています、宇賀谷蒼司と申します。お身体の具合は大丈夫ですか？」

――結婚を前提にお付き合い？　ええ⁉　宇賀谷様なに言ってるの⁉

蒼司の発言に慌てている菜那とは裏腹に、蒼司は母との会話を弾ませている。

幸せそうに笑っている母を久しぶりに見て、ぎゅっと胸が痛んだ。

付き合っているなんて、嘘だから。

菜那はそっと蒼司の袖を掴んだ。

「あ、あのっ、宇賀谷――」

「菜那さん、お母様が元気そうで安心しました。とてもお優しいお母様ですね」

蒼司が菜那の声を遮り、そっと自分のもとへ引き寄せた。そして耳元で菜那にしか聞こえない音量で囁《ささや》く。

「話を合わせてください。お母様も喜んでらっしゃる」

「それは……」

確かにそうだ。母は菜那が結婚することをずっと願っていた。ここで「本当は違うの」と言ったら母が悲しむのは目に見えている。

なら……相手を思ってつく嘘は優しさなのかもしれない。

菜那は小さく頷いた。

「あと、俺のことは蒼司と呼んでくださいね？」

目を見開き、蒼司を二度見する。

そんなっ……でも、確かに恋人なのに宇賀谷様はおかしいよね……

わかりましたという思いを込めて菜那はもう一度頷いた。

「なーに二人でこそこそしてるの？」

母がニヤニヤしながらこちらを見てくる。

「な、なんでもないよ。その、言いそびれてたんだけど今お付き合いしている宇賀谷蒼司さん。凄く優しくていい人なの。今日もその、そ、蒼司さんが病院まで送ってくれたんだ」

意識をして名前を呼ぶだけでこんなにも体力を使うなんて、知らなかった。

ホテルの創立記念パーティーの時も蒼司の父親の前で名前を呼んだが、あの時は恋人役に必死すぎて全く意識していなかったから。

蒼司は満足げに目を細めて笑っている。

「私なんかより菜那さんのほうがとても優しくて、気が利きますし、好きであると同時に本当に尊敬しています。菜那さんの作る料理は本当にどれも美味しくて、胃袋までガッチリ掴まれてしまいました」

「そんなっ……」

蒼司の言葉を聞いて顔が燃えるように熱くなる。

料理を気に入ってもらえているのはわかっていたけれど、尊敬？　私のことを？

一体自分のどこを尊敬してくれているのか気になった。思い当たる節なんて一つもない。

「菜那がいい人に巡り合えてよかったわ。本当にこれでいつ死んでも安心ってね！」

本当に安心しきった顔で母は微笑んだ。その表情に嘘をついた心がチクリと痛む。

「……お母さん、縁起でもないこと言わないの！」

「冗談、冗談。死んだら菜那のウエディングドレス姿も孫の顔も見られないものね！　頑張らなくっちゃ」

「そうだよ！　もう！　これだけ喋れれば大丈夫そうだね。また明日来るから、今日は帰るよ」

「また二人で一緒に来てちょうだいね」

菜那は「わかった」と元気よく返事をし、蒼司も母親に頭を下げ、病室を出る。

嘘をついてしまったからか、後ろ髪が引かれるような気がした。

そのまま病院の外に出ると道路を打ち付けるような雨が降っていた。

「凄い雨ですね。車を持ってきますから、菜那さんはここで待っていてください」

「いえ、このくらいの雨へっちゃらです。一緒に行きます」

「……じゃあ、こちらに来てください」

蒼司は菜那の肩を抱き寄せ、自分の着ていたコートを脱いだ。雨が避けられるように菜那にコートを羽織らせる。

「これじゃ宇賀谷様が濡れてしまいますっ」

「あ、違いますよ？　名前で呼んでくださいって言いましたよね？」

「えっ、それは……」

そうだけど。

「も、もう病室じゃないので戻してもいいですか？」

「ちゃんと最後まで設定を守らないと、誰か見ているかもしれませんよ？」

う……確かに。

「そうですよね、名前……わかりました」

蒼司にじぃっと顔を覗き込まれ、菜那の顔にハテナマークが浮かぶ。

「あの、どうしました？」

「名前、呼んでくださいませんか？」

「え、今ですか？」

「はい。今です」

小さな笑みと少し意地悪な瞳に目を奪われる。名前を呼ばれるのを嬉しそうに待たれてしまっては呼ばざるをえない。けれどどうしても恥ずかしさが勝ち、菜那は口を小さく開いた。

「そ、蒼司さん」

「……最高に嬉しいです。さぁ、車まで走りますよ」

「えっ、あっ、はい！」

肩を寄せ合い、一緒に駆け出した。パチャパチャと足元で水音が楽しそうに鳴る。

雨の日がこんなに楽しいなんて知らなかった。正直あまりいい思い出がないから。

蒼司のコートを傘代わりにして、寄り添う肩がぶつかるたびにドキッと心臓も跳ねる。服の厚みがあるはずなのに蒼司に触れるだけで心が喜んだ。

「あ〜、結構濡れちゃいましたね。菜那さん冷たくないですか？」

菜那は足と肩が濡れただけ。運転席に座っている蒼司のほうが背中まで濡れている。

「私は全然っ！　蒼司さんのほうが濡れてしまって、いろいろと……申し訳ございませんでした」

「そんなに謝ることじゃないですよ。気にしないでください」

「で、でも、その他にも……母の前で、その、恋人のふりをしてもらってしまって……」

椅子に腰を下ろして一息つくといろいろと恥ずかしい場面が蘇ってくる。母親のためとはいえ蒼司に恋人のふりをしてもらったこと、蒼司の言葉一つ一つが嬉しかったこと。

うつむく菜那に蒼司は「ああ」と思い出したように笑った。

「菜那さん、こっちを向いてください」

「はい……」

ゆっくり蒼司のほうを向く。明るい声色だと思ったけれど、目が合った蒼司は笑ってなんかいなかった。とても真剣な顔をしている。いつもこの瞳に吸い込まれそうになるのだ。

「お母様の前で急に恋人のふりをしてしまってすみませんでした。でも、伝えている通り俺は菜那さんが好きです。しっかりしていそうで、意外とうっかりしているところも。なにに対しても一生懸命で、優しくて、そして弱いところも全部好きです。俺を利用してくれても構わない。結婚してくれませんか？」

……宇賀谷様を利用？

「宇賀谷様を利用して結婚って……どういうことですか？　ごめんなさい、ちょっと理解が追い付かないといいますか……えっと……」

動揺のあまり口元を触ったり、頬を触ったりどうも気持ちが落ち着かない。

「今日、咄嗟に菜那さんのお母様の前で恋人のふりをした時、不謹慎かもしれませんが凄く嬉しかったんです。お母様の喜んでいらっしゃる顔を見て、照れている菜那さんの顔を見られて。菜那さんの恋人のふりをしているだけでもこんなに嬉しいんです。でもその喜びを知ってしまうと人間というのは欲張りで、もっと欲しくなってしまうんですよ」

挙動不審に動く菜那の手を蒼司は優しく掴んだ。

「菜那さんの気持ちを待つって言っていたのにすみません。でも、我慢できないくらいあなたが早く欲しい。それに……自惚れかもしれないけれど、菜那さんもきっと俺と同じ気持ちなんじゃないかと思ってしまうことが何度もあるんです」

「そんなっ……」

ぐっと引き寄せられ、蒼司の速い心音が鮮明に聞こえた。

「もう、待てない」

身体の芯まで届く力強い声に心臓が破裂しそうだ。

「あっ……んんっ……」

頭をかき抱かれ唇が重なった。唇を吸われ、求められていることが伝わってくる。なにもない平凡な自分にこんなにも感情を昂らせ、ぶつけてくれることが嬉しい。

それに図星だった。本当は母親の前で恋人のふりをした時、不謹慎とわかっているのに自分も嬉しかった。今日のデートだって凄く楽しかった。

返事を延ばしているのに、もう答えは最初から決まっていたのかもしれない。

ただ、ほんの少しの勇気が出せなかっただけ。彼をいつか失ってしまうのが怖かったから。

なら、失わないように自ら絡みついて離れなければいい。

口の中に割り入ってくる蒼司の舌を受け入れ、菜那は自ら絡みついた。

――私も蒼司さんが好きです。

この気持ちを伝えるように、無我夢中で蒼司の背中に腕を回した。

狭い車内、運転席と助手席を隔てるボックスがこんなにも邪魔だと思ったのは初めてだ。

もっと、もっと彼に求められたい、求めたい。

もっとあなたのことが深く知りたい。

ゆっくりと離れていく熱さが名残惜しかった。

だから――

「蒼司さん……」

もう一度自分からキスをした。

キスをする直前、目を閉じる時、蒼司の顔が驚いていたような気がする。

自分からは唇を重ねるだけで精一杯だった。でも、はっきりと気持ちを伝えたい。

唇をそっと離し、菜那はしっかりと蒼司の瞳を見た。紅色に艶《つや》めいた唇が開く。

「結婚したいです……宇賀、蒼司さんと、わ、私でよければ、なんですけど」

「……あ～、こんなの反則だ」

「え？　雨の音でよく聞こえなかっ……あっ……」

ぎゅっと抱きしめられる。

「菜那さんじゃなきゃ嫌なんですよ」

耳元で蒼司の嬉しそうな声が響いた。

なにかを失うことは怖いけれど、こうしてまた恋をできたことがこんなにも嬉しいなんて。

「蒼司さん、大好きです」

「俺も、大好きです」

菜那は背中に回した手にぎゅっと力を込めて、幸せを逃さないよう抱きしめ返した。

＊＊＊

玄関に入り、もつれるようになりながら蒼司にコートを脱がされ、鞄が手から落ちる。菜那のコートの上に蒼司の脱いだコートが重なった。

「そ、蒼司さんっ、ちょっと待ってください」

「もう待てないって言いましたよね？」

少し焦っているような声に鼓動が高鳴る。

「でも、蒼司さんは濡れてますし、シャワーを浴びないと風邪をひいちゃいますっ」

「どうせ脱ぐから大丈夫」

「なっ……」

カーッと顔が熱くなり、耳まで真っ赤に染まる。

「蒼司さんっ……」

手を引かれて寝室へなだれ込み、蒼司は菜那をベッドに組み敷きながら勢いよくスウェットを脱いだ。

「っ……」

綺麗に割れた腹筋に厚い胸板。見惚れるほどの美しい裸体に菜那は思わず息を呑む。

「やっとだ」

上から見つめられ、頬を撫でられる。甘い空気に一気に身体が溶けてしまいそうだ。

「蒼司、さん……」

「やっと手に入れたんです。もっと菜那さんのこと教えて」

「あっ……ん……」

蒼司の欲の籠った瞳が近づき、菜那は自然と瞳を閉じた。唇の柔らかさに翻弄されるがまま、熱い舌を受け入れ自らも絡みつく。

「んっ、ふっ……」

何度も何度も絡み合い、酸素が足りなくなって段々苦しくなってくる。けれどその苦しさは高揚感からくるもので、身体は全く悲鳴を上げない。むしろもっと、もっとと、その先を求めてしまっていた。

「んんっ……っはぁ……」

ゆっくりと離れていく唇には、銀の糸がいやらしく菜那と蒼司を繋いでいる。蒼司の視線は菜那の胸元に移り、一つ一つ丁寧にワンピースのボタンを外していった。菜那はその光景をただただバクバクと心臓を鳴らして見つめることしかできない。

まるで自分がプレゼントになったような気分だ。ゆっくりと、丁寧に包装を剥がされていくように、ワンピースが肩からするりと抜け落ちた。そのまま足から抜かれ、下着のみになった菜那を蒼司はうっとりとした表情で見下ろしている。

「菜那さん、凄く綺麗です」

「やっ、恥ずかしいのであまり見ないでください……」

両手で胸元を隠した。身体が燃えだしそうなほど恥ずかしさで熱くなっている。

「もっと俺に菜那さんを見せて。この目にあなたを焼き付けたい」

「あ……ふっ、んっ……」

首筋を吐息が擽《くすぐ》り、ちゅっちゅっと音を立てて身体中にキスの嵐が降り注ぐ。

蒼司の指が菜那の身体に優しく触れながら、柔らかな手つきで二つの膨らみを味わうように揉み始めた。ブラシャーと一緒に胸の形が卑猥に変わる。

「んっ……んぅ……」

泣きそうになるほど気持ちがいい。優しくて、指先からも好きですと言われているように感じてしまう。

「もっと菜那さんに触れさせて」

あっという間にブラジャーを外され、胸がぷるんと飛び出す。

「あぁっ……蒼司さんっ……」

蒼司は優しく胸の先端を指先で擦った。小さな刺激にビクッと身体が反応してしまう。

「可愛い。ここ、敏感なんですね」

「やっ……ちがくてっ……」

「違うのに、こんなに硬くしているんですか？」

クスッと上品に笑いながらも菜那を辱めるような言葉を言ってくる。菜那は顔を真っ赤にしながらも身体は蒼司に委《ゆだ》ねっぱなしだ。敏感な乳首を摘まれ、身体をビクビク震わせた。

「はっ、あっ、ん……」

両方の胸を脇から掴み寄せられ、熟れた先端が舐めてくれとばかりに尖っている。

「菜那さんの声、凄くエロくて可愛いです……もっと聞かせて」

「そんなっ……ひゃぁんっ」

蒼司は尖った蕾を美味しそうに舌で円を描くように転がし、ぴちゃぴちゃと舐め上げた。

「あっ、やぁっ……んあっ」

視線を下げると蒼司の顔が菜那の胸に埋もれている。

やだ……恥ずかしいのに、気持ちいい……

蒼司が舌を伸ばして、ぷっくりと膨らんだ突起を搦《から》め捕《と》るように口腔内に含む。反対の乳房も少し強い力で揉みしだかれる。蒼司が嬉しそうに目を細めている姿は妖艶でキュンっと下腹部が痛んだ。乳首を舐めしゃぶり、ゆっくり優しく弄ばれている。

「あっ、ふっ、蒼司、さん……」

ジンジンと下腹部に疼《うず》きを感じ始めた。

「ん？　あぁ……」

蒼司が意味ありげに呟く。

菜那は膝を擦り合わせてどうにか疼《うず》きを逃している。すると、蒼司の腕が足の間に伸びてきた。

「ここ、触ってほしいんですね」

顔を上げた蒼司は嬉しそうに小さく笑い、するりとショーツを抜き取る。

「あっ……」

蒼司が菜那の秘部に指を這わせた。

「ちが……んあっ……んぅ」

くちゅっと音を立てながらゆっくりと蒼司の指が蜜溝に割って入る。

「……凄い濡れてますね。菜那さんの中、熱くてびしゃびしゃだ」

「やぁ、言わないで、ください……」

蒼司の指が膣壁を擦り上げる。決して激しくない、蜜を味わうように丁寧にかきまわされ、粘着質な水音が溢れ出した。

「……エロい音。中から溢れ出してきますね」

「やっ、あぁっ、そんなっ……ンあっ」

「……可愛いな」

蒼司の指が奥のよいところをトントンと突き当ててくる。そのたびにビク、ビクッと菜那は身体を震わせた。

何度も何度も蒼司の長い指が出たり入ったりを繰り返し、そのたびに大きな手のひらが秘核を押しつぶすように押し当てられる。

やっ……これはむりっ……！

中と外、両方からの刺激に腰が浮き上がってしまう。

「はぁっ、んっ……あぁっ、そこダメぇっ」

「あぁ、そうですよね。ちゃんとここも愛でてあげないと」

「へ……っあぁ！　蒼司さん!?」

足をぱっくりと大きく広げられ、蒼司が顔を埋めた。反論する間もなく蜜口に舌が這う。

「やぁっ……んあぁっ……！」

膝をしっかりと押さえられ、足を閉じることができない。

「そんなとこっ、ダメっ」

蒼司の舌が下から上へと大きく花弁を舐め上げ、じゅるっと音が鳴った。

「凄い、舐めても舐めても溢れ出てくる……嬉しいな」

「蒼司さんっ、恥ずかしいっ……はぁんっ」

恥ずかしいはずなのに、気持ちよさで嬌声が止まらない。菜那はそれでも少しは抵抗したくて、両手を蒼司の頭に添えた。

その手を蒼司はそっと取り、ちゅっと手の甲にキスを落としてくる。

「菜那さんのすべてを俺に愛させてください」

まっすぐな瞳が菜那を捉える。

そんなこと言われたら……

すべて蒼司に捧げたくなる。菜那は足の力を抜き、蒼司が舐めやすいよう更に足を広げた。

「……本当にあなたは素直で可愛い人だ」

「あぁ……！」

じゅるるっと吸い上げられ、舌先が蜜口の入り口を割り舐める。花弁に隠された蕾に鼻先が触れ、
菜那はビクッと身体を震わせた。淫靡《いんび》な水音を立てて、蒼司の舌は菜那の身体を攻め立てる。

あぁ、ここを舐められるのってこんなに気持ちいいんだ……

甘い嬌声を上げながらも、更に快楽を求めてなのか、腰が勝手に浮き上がる。

「もっと舐めてほしいんですね」

ぼそりと嬉しそうに呟いた蒼司が、菜那の秘核を舌でクルクルと舐めまわし始めた。硬く尖った蕾が蒼司の舌によって弾かれる。

指で擦られるのとはまた違う感覚。ねっとりとしていて密着感が凄い。

「気持ちいぃ……あんっ、はぁんっ」

思わず感情が口から出てしまう。

「っ……！　そんなこと言われたら、もっとしたくなります」

「ふぇっ、はぁんっ、あぁっ……！」

ちゅうっと秘核を吸われ、花弁全体を舐められ、最後には蕾をペロリと舐め上げられる。

「菜那さん、凄く可愛い……もう、我慢できない」

ぎらついた雄の瞳に見下ろされる。蒼司の下腹部はギチギチに膨れ上がり、パンツを盛り上げていた。

っ……凄い……

あまりの膨れ具合に視線を奪われていると、蒼司がパンツと下着を一緒に下げ、ぶるんっと剛直が飛び出してきた。丸みを帯びた先端が艶《つや》やかに光っている。

「菜那さんの中に入るよ」

あっという間に避妊具を着けた蒼司が、蜜口に獰猛《どうもう》に反り勃った肉棒を押し当てた。

「あぁあっ……！」

ぐぐぐっと差し込まれ、花弁が大きく広がりながら彼を呑み込んだ。

「あっ……ンんぅっ、あぁぁっ」

想像以上の大きさに菜那は思わず身体を仰け反らせる。

「ふぁっ、おおきいっ、んあぁっ……！」

蜜壁を最大限まで押し広げられ唇を噛み締めるが、嬌声が口の端から溢れ出す。

奥まで呑み込み、菜那は息を乱している。

「……動くよ」

耳元に余裕のなさそうな声で囁《ささや》かれ、背筋が震えた。

「んっ……あぁッ！」

パチュンパチュンと腰を優しく打ち付けられ、高揚感が身体にどんどん充満していく。

嬉しい。気持ちいい。

でも、自分だけじゃなくて蒼司にも気持ちよくなってほしい。

菜那は蒼司の背中に手を回し、力強く抱きしめた。

「蒼司さんっ……もっと……して」

もっと激しくしてもいいんです。あなたにも気持ちよくなってほしいから。

蒼司の顔が一瞬歪み、困ったように小さく笑った。

「っ……あなたって人は、本当に俺を煽《あお》る天才だ……」

「ンあぁっ……はぁんっ」

肉壁を擦り上げられ、蒼司の丸みを帯た先端が奥を突き上げた。ビリビリと身体が愉悦感で痺れ出し、蒼司の背中に回している手に力が入る。

「あぁっ、蒼司さんっ……はぁんっ、あうぅっ」

パンパンパンと肌の当たる音が耳を突き抜け、頭の中がチカチカし始める。

「っ……くっ……菜那、さんっ……」

「んぅっ……」

熱棒が蜜壁の最奥を突きながら唇を貪られ、舌を絡める。身体を揺さぶられながらもキスを紡ぎなおし、二人は四肢を絡ませた。

「んはぁっ……蒼司、さん……きもち、いっ……！」

身体が酸素を求めて唇を離す。新しい空気を取り込みながら、自分の上で腰を揺らす蒼司を見上げた。

「俺も。菜那さんの中がよすぎて、ヤバいな」

ポタポタと蒼司の顎を伝って菜那の身体に汗が流れ落ちる。その雫がまるで媚薬のように熱く燃え広がり、蜜口をきゅうきゅう締め付けた。

気持ちいい……もう、なにも考えられない……

大きくて硬い剛直で擦り上げられ、ぐちゅぐちゅと愛液が泡立ち、お尻のほうまで垂れ始めた。

「そ、しさんっ……あぁっ……もう、だめぇっ……ダメですっ」

「くっ、そんなに締め付けて……菜那さんっ……俺もっ――」

「蒼司さんっ……んあぁぁ――っ」

充満した高揚感は満杯になり、菜那の身体から勢いよく弾けた。

同時にどくどくと薄い膜越しに熱を感じる。

頭の中が真っ白になった菜那はベッドに身を預け、息を乱しながら蒼司を見上げた。

「はぁはぁ……蒼司、さんも気持ちよかったですか……？」

蒼司は愛おし気に菜那の頭を撫でる。

「とても。更に菜那さんの虜になってしまいました」

「なっ……」

行為は終わったはずなのに、菜那の体温が一気に上昇した。

菜那を撫でていた蒼司の手が、頬を包み込んで止まる。

「ねぇ菜那さん、明日にでもうちに越してきてくれませんか？」

「え……？」

それって、もしかして。

菜那の瞳が緊張で丸くなる。すると、蒼司がふわっと微笑んだ。

「一緒に暮らそう。菜那さんと毎日一緒のベッドで眠りたいです。一時もあなたと離れたくない」

「……はい。私もです」

菜那は嬉しさのあまり掠《かす》れた声で微笑みながら、そっと蒼司の胸元にすり寄る。

ドクドクと鳴る蒼司の鼓動が心地よく、いつの間にか微睡《まどろ》んでいた。

第四章　甘い結婚生活

蒼司と気持ちが通じ合ったあの日から、一週間が経っていた。

嵐のようにあっという間に展開していき、自分の行動力にも驚いている。お互いの仕事の合間を縫って、菜那の母親と蒼司の両親に挨拶をすませた。引っ越し作業もすんでいて、菜那は今日から蒼司の家で一緒に暮らすことになっている。

カジハンドの事務所の中、沙幸と社長の前で菜那は恥ずかしそうに小さく口を開いた。

「私、その、宇賀谷様と結婚しました」

「……ええ!?　宇賀谷様って、あの菜那ちゃんしか指名してこなかった人だよね!?」

カジハンドの事務所に沙幸の大きな声が響いた。

「そうです。なんかいろいろあっという間に進んでしまって……婚姻届けを出してきたのは昨日で、ちゃんと形になってから皆さんに報告したかったんです」

「もう～最高の報告じゃない！　おめでとう！」

興奮状態の沙幸に対して社長はかなり落ち着いた態度で優しく微笑み、口を開いた。

「菜那ちゃんおめでとう。私は遅かれ早かれこうなるんじゃないかな〜って思ってたのよね」

「えっ、どうしてですか⁉」

社長は未来を透視していたかのように、少し自慢げな表情を見せた。

「実はね、宇賀谷様は菜那ちゃんの予約を取るためにわざわざ最初に事務所を訪ねてきてくれたの。ネットで予約すればいいものを、直接私に堀川さんのことが気になっていて少しでも近づきたい、変なことはしませんって名刺を持って頭下げに来たのよ。本当だったらそんな変な人お断りだし、もう新規の案件を受けるような時期じゃなかったんだけど、あまりにも真剣な目だったから。泣いていたあなたを守りたいって言ってたわ。私の男を見る目は正しかったってわけだ」

「知りませんでした……そうだったんですね」

蒼司の気遣いに、なんだか彼らしいと菜那は思わずクスッと笑ってしまった。

「菜那ちゃんも寿退社なら安心だね！　私は社長の紹介で違う家事代行業者を紹介してもらったけど、菜那ちゃんは次の就職先は決めてないんでしょう？」

沙幸は嬉しそうに目を細めて笑っている。

「はい。なにか違うことに挑戦するのもありなのかなと思って。でも、私この仕事以外したことないから、なにができるかはわからないんですけどね」

「菜那ちゃんならなんでもできるようになるって！　応援してるからね！」

「沙幸さん……ありがとうございますっ」

「よしっ！　じゃあ、行こうか。今日は皆でお別れ会だったけど、菜那ちゃんのお祝い会にもなったわね！　お店に着いたら他の皆にも発表しなきゃ！　最高の締めくくりになったわね！」

沙幸がバンッと菜那の腰を叩き、社長と三人で笑いながら事務所を出た。

本当に幸せだな……

今日、倒産してしまう会社とは思えないほどの明るい雰囲気に、ほんの少し鼻の奥が痛んだ。

この会社で、カジハンドで働けてよかった。

きっと、ここで学んだことはいつか自分の強みになってくれるだろう。

二人の弾けるような笑顔を見て、菜那はそう思った。

＊＊＊

盛り上がったお別れ会も終わり、皆がタクシーなどで帰る中、菜那は家に向かって歩き始める。

星空があまりにも綺麗だったので菜那は足を止めて見上げた。

「綺麗～」

ぼそりと呟いた菜那の頬に冷たい風が吹き抜けていく。

「今日でカジハンドともお別れ……実感わかないなぁ」

残念ながら倒産となったが、他の従業員は社長に再就職先を紹介してもらい、無事に次の仕事は決まっている。

菜那だけが就職先を決めていなかった。度重なる不幸のせいで人間不信になり、違う職業で働いてみたいと思ったからだ。

空に向かって上げていた顔が段々と地面を向く。

家事しか特技がない自分にはなにができるんだろう。

なにもない、空っぽの人間だということはわかっている。再就職するにも自分の武器はなにもない。かといって結婚した蒼司におんぶに抱っこになるつもりもない。ちゃんと貯金もあるので、二人で生活するにあたって自分もしっかりとお金は出すつもりだ。

……よし、明日ハローワークに行ってみよう。

菜那はぐっと両手を握り、明るい気持ちになれるようまた夜空を見上げた。

「綺麗だなぁ」

びゅうっと風が吹く。寒いと思ったと同時に、首元がふわりと温かいもので包まれた。

「綺麗ですね。でも、こんな綺麗な星空だとしても夜道に女性一人は危険ですよ？」

声の持ち主には一瞬で気が付いた。顔を上げれば蒼司と目が合う。

「蒼司さん？　どうしてここに？　……あ……」

首元に蒼司のマフラーが巻かれていた。

「妻が夜遅くに一人で帰ってくるなんて心配ですから、迎えに来てしまいました」

「そんなっ、大丈夫だって言ったのに。お店だってマンションから近かったから……寒い中すみません……」

「いいんです。俺が菜那さんと少し夜道の散歩をしたいなって思っただけだから。ね？」

蒼司が菜那の手をそっと握る。

「それに手を繋いで帰れば寒くないですよ」

「ふふっ、本当ですね。あったかいなぁ」

「菜那さん、少し酔ってるでしょう？」

蒼司が顔を覗いてくる。

「ん～？　酔ってなんかないですよ～。でも、本当にあったかいです。こうやって手を繋いで歩くのっていいですね」

歩きながら菜那は繋いでいる手を持ち上げてふふふ、と小さく笑った。

「蒼司さん、カッコよくて、頭もよくて、すっごく優しくて、お仕事も建築士で素敵なホテルを設計しちゃって、本当は私なんかとは遠い世界で生きている人だなって思ってたんですよ～」

「そう思ってくれていたんですね。でも今はそんなことないでしょう？」

「ふふっ、そうですね。出会った時から蒼司さんは私の近くにいてくれるヒーローでした」

「ヒーローって。菜那さん、俺は優しいだけじゃないんですよ？」

蒼司は菜那の手を少し強く握り、引き寄せた。そして耳元で甘く囁《ささや》く。

「今すぐにあなたを抱きたいって、エロいことも考えているんですから」

ビクビクッと蒼司の低く響く声に身体が反応する。

「やっ……」

アルコールで火照っていた身体が更に熱を帯びる。

「エロい男は嫌ですか？」

蒼司はたたみかけるように菜那に囁《ささや》いた。

「それはっ……」

「それは？」

心臓がバクバクと騒ぎ始める。

「き、嫌いじゃないです。でも……それは蒼司さんだからであって、蒼司さんじゃなきゃ嫌」

「あなたって人は本当に……」

蒼司は困ったように笑い、髪をかきあげた。

「あの……蒼司さん、マンションに着きました。あの……本当に今日から一緒に住んでもいいんですか？」

ピタッと立ち止まって菜那は不安げに蒼司を見つめた。

この一週間、結婚のために慌ただしく動いてきた。あまりにも速い展開だったからか、それともアルコールのせいで判断能力が弱まっているのかはわからない。ほんの少しだけ、ぽっと不安の種が芽生えてしまったようだ。

そんな菜那の感情を読み取ったように、蒼司が菜那を抱き寄せる。

「もちろんですよ。菜那さんは私の妻なんですからね。それにもう荷物だって運んであるでしょう？」

「そ、そうでした……」

身体が燃え上がりそうなほど、熱くなっている。この熱を冷ますためにはどうしたらいいものか。

「さぁ、入りましょう」

「はい」

答えが出ないまま、繋いだ手を離さずにマンションの中に入った。

リビングに入ると菜那は火照った顔のまま、ソファーに腰を下ろした。

今日からここが自分の家。いつも仕事で訪れていたはずなのに、不思議な気持ちだ。けれど、とても落ち着ける場所でもある。

気が抜けてしまったのか、菜那の頬がふにゃふにゃと緩み始める。

「菜那さん？」

「はいぃ？」

「絶対酔ってるでしょう。可愛いな……」

ポロリと漏れた蒼司の言葉を聞いて菜那は首を傾げながら、立っている蒼司を見上げた。

「んぅ？　なにか言いましたか？」

頭がぼうっとしてきて上手く蒼司の言葉が聞き取れない。

「菜那さんが――」

蒼司はそう途中まで口にすると菜那の隣に座り、柔らかな唇に喰らいついた。

「んぅ……ふっ……ん……」

いつもより吐きかけられる息が熱い。いや、自分の息が熱いのか。熱が身体中を駆け巡り、もっと欲しくなる。舌を絡ませ、吸い上げると蒼司の吐息が荒くなった。

「っはぁ……蒼司さん、なにか、言い途中じゃなかったですか……？」

「菜那さんが可愛すぎるのがいけないんですよ？」

「へぇっ!?　蒼司さん、なに言って……んぅっ」

赤面する菜那の唇を蒼司がもう一度塞ぐ。そのままソファーに押し倒され、蒼司は菜那の服を捲り上げた。

ぷるんと飛び出した乳房にそっと触れられると、繋がった唇から愉悦の声が漏れ始める。

優しく揉みしだかれながらカップ部分を下にずらされる。柔らかな膨らみがすべてあらわになった瞬間、蒼司の指先が直に触れた。

「んっ、んぅっ……」

指と指の間で突起を摘まれながら乳房をやわやわと揉まれる。自分でも胸の先端がどんどん硬くなっていくのがわかった。

蒼司は唇を離し、そのままピンッと勃った乳首に吸い付く。

「んあぁ……蒼司さん、んぅっ……」

与えられた刺激が気持ちよくて、菜那は背を反らした。まるで自ら快楽を求めるように胸を突き出して、蒼司が舐めやすいようにしてしまう。

「もっと舐めてほしいってことかな」

「もっとぉ……もっと舐めてください……蒼司さんに触れられる場所全部が気持ちいいんです……」

「っ……そんなこと言われたら、たまんないな」

蒼司は菜那の両胸を下から寄せ上げ、突起を中心に寄せる。

「あんっ、両方だなんてっ……はぁんっ」

二つの乳首を一緒にぺろぺろと舐め上げられた。

私の胸に蒼司さんが顔を埋めて……

その姿に胸がキュンッと痛くなる。自分のことを愛でてくれている彼の姿が嬉しくて堪らない。

「あっ……！」

胸を舐めながら蒼司が菜那のパンツと一緒にショーツも抜き取る。突然空気に触れた秘部がヒヤリとし、蒼司の指が蜜溝を這った。

「触る前からこんなに濡らしてたんですね」

「だって……気持ちいいから……」

蒼司に触れられただけで、全身が快楽で包まれる。

「あなたって人は……」

蒼司は困ったように前髪をかきあげ、ギラリと雄の瞳で菜那を見つめた。

「俺を煽《あお》る天才ですよ」

「そんなっ……ひゃあんっ」

ぐちゅっと音をたてて蒼司の中指が蜜壁の中へ入った。

指を喰いちぎってしまうのではないかと思うくらい、蜜壁が蒼司の指を締め付ける。

狭い蜜路の中でくちゅくちゅと卑猥な音を鳴らしながら、蒼司は指を動かした。

「あぁっ……ふぅっ……あんっ……」

トントントンと中を突かれ、そのたびにビリッと身体に電撃が走る。

「あぁ、凄く濡れてるね。びしょびしょでどんどん溢れ出てくる」

「ふぁ……気持ちいぃです……もっとぉ」

「っ……それはヤバい。反則すぎるだろ……」

ボソリと呟いた蒼司の指の動きが速くなる。中指が臍《へそ》の下のほうを前後に擦り上げ、ぐちゅぐちゅと愛液が溢れ出した。

「あぁっ、あっ、あっ、気持ち、いいっ……」

自ずと腰が浮き上がる。

「蒼司さんの指っ……気持ちいいよぉ……あぁんっ」

背を反り返らせ、アルコールだけでなく快楽にも酔い始めたようだ。貪欲に愉悦を求めてしまう。

蒼司は菜那の願いを叶えるように指の動きを止めない。何度も何度も蜜壁の中を指が行き来する。

「……菜那さん、そろそろ俺も限界です」

指を抜かれ、無性に寂しさがこみ上げた。

一時も、蒼司と離れたくない。好きという感情が溢れ出す。

身体を起こした菜那は避妊具を着け終えた蒼司の足の上を跨《また》ぎ、前から抱きしめた。

「菜那、さん……？」

ソファーに座り、背もたれに寄りかかりながらも蒼司は菜那を抱きしめ返す。

「好きなんです……もっとずっとくっついていたいから……」

菜那は腰を上げ、勃ち上がった熱棒を握りしめた。

「え、菜那さん？」

驚きを含んだ蒼司の声を聞き流し、愛液の滴る蜜口に先をあて、そのまま一気に腰を落とした。

「んあぁあっ……！」

「くっ……」

脳天を突き抜けるような快楽に思わず大きな声が出た。蒼司も顔を少し歪ませて唇を噛んでいる。

蒼司が気持ちよさそうにしている顔がもっと見たい。

菜那は一心不乱に腰を上下に動かした。プルプルと胸を揺らしながら、膣の最奥まで剛直を挿し込む。

「はぁんっ、あっ、あっ、蒼司さんっ、気持ちい……？」

「っ……とても、まさか菜那さんのほうから動いてくれるなんて……んっ……でも、菜那さんにももっと気持ちよくなってもらわないと」

「あぁっ……気持ちいいですっ……んっ」

身体の動きに合わせて上下に揺れていた乳房を蒼司が鷲掴み、むにゅむにゅと揉まれながら乳首を摘まれ、ビリビリと快楽の電流が胸へと充満し始めた。

胸への刺激が強すぎて、腰を上下に動かすことが難しい。

「あぁっ……気持ちいい……」

菜那のスピードが落ちていく。それでもどうにか自分で動きたくて、前後に腰をゆっくりと動かした。蜜壁の中でじっくりと熱棒を味わい、くちゃくちゃと粘着質でいやらしい音が鳴り響く。

「……いやらしい音が凄く聞こえる。今日は随分濡れてますね……ベッドじゃなくて、ソファーだから、くっ……興奮しているのかな？」

「ちがぁっ、でも気持ちいいんです……おっぱいも気持ちいいです……ふあっ……蒼司さんの、おっきくて……っんあっ」

「じゃあもっと触れてあげないとですね」

蒼司は硬く尖った蕾を口に含んだ。コロコロと口の中で転がしたり、少し強めの力で吸われたり、上と下からの快楽に菜那の思考が更に溶け始める。

「あんっ、きもちいいっ、なんか、なんかキちゃいそうっ……！」

「ん、菜那さんイッて」

「やぁっ、私だけじゃなくて、蒼司さんも一緒に……気持ちよくなってほしいのっ！」

菜那は腰を上下に激しく動かし始めた。パンパンパンと肌と肌がぶつかり合い、快楽が何度もはじけ飛びそうになる。

「あんっ、はぁッ、やだぁっ……イキたくないのにっ」

「いいよ、たくさん気持ちよくなって」

蒼司は菜那の腰を掴み、更に激しく自ら腰を打ち付け始めた。ソファーの軋《きし》む音に、妖艶な水音、生々しい肌のぶつかる音。二人の荒い息遣いにもうすぐ快楽が弾け飛びそうなことがわかった。

「やぁっ、もうダメぇっ……イクの、イッちゃうの……っ」

「ん……一回イッておこうか」

「えっ、はぁあんっ！」

下から腰を強く打ち付けられ、身体の中に一本の電流が爆《は》ぜた。

とさりと蒼司に寄りかかり、菜那は息を乱している。

「菜那さん、ごめんね」

「はぃ……？」

耳元で囁《ささや》かれ、体中が彼のすべてに反応する。

ぐるっと体勢を変えられ、菜那はいつの間にかソファーの上で四つん這いになっていた。

「俺、まだイッてないんで、もう少し付き合ってもらいますよ」

「え……んあぁあっ！」

熱棒が蜜壁を割って入ってくる。身体を大きく揺さぶられ、脳まで突き破られそうな勢いだ。

「あぁっ、やぁっ、はんっ、あっ、あっ」

彼を受け入れることで精一杯の菜那は、ひたすら甘い嬌声で喘《あえ》ぎ続ける。

「あぁ、凄い締めつけだ……菜那さんの可愛い声でもイきそうになるな」

蒼司の動くスピードが少し速くなった。

腰を打ち付けられ、ぱちゅぱちゅと卑猥な水音が鳴る。

背中に重みを感じ、蒼司と一つに溶け合っているよう。お互いの汗が密着感を増加させる。

「菜那さん、愛してる……」

「あっ……あたしもっ……あい、してるっ……！」

首を後ろに向けると気持ちが通じ合っているかのように、唇が重なった。

舌を絡ませ合い、深いキスを繰り返していると蒼司が「イク」と小さく呟く。

「あっ、んっ――っ」

快楽を閉じ込めるような押し付けられるキス。蒼司が身体を小さく震わせると、薄い膜越しにドクドクと熱を感じた。

わずかな沈黙の後には、二人の荒い吐息の音だけが響く。

菜那はすべての力を振り落としたように、ソファーの上にしな垂れかかった。

あぁ……なんか脱力というか……頭の中がふわふわする……

菜那の身体の上から退いた蒼司は床に座り、ソファーの上で崩れている菜那の乱れた髪を梳《と》かした。

「菜那さん」

「……はぁい」

「大丈夫ですか……？」

「……だいじょう、ぶ、でぇす……」

あぁ、なんか……眠い……

「菜那さん？」

蒼司の声に頭の中で「はい」と反応しながらも、菜那はゆっくりと瞼《まぶた》を閉じていく。

「……寝ちゃったか。おやすみ、菜那さん」

チュッと頬に柔らかな唇が当たった。

蒼司、さん……おやすみなさぁい……

自分では言葉にしている気なのだろうが、実際は声になっていない。菜那は幸せそうに口元を緩めながら眠っていた。

＊＊＊

朝六時、毎日の習慣とは怖いものでその時間に勝手に目が覚める。目を開けた瞬間、視界に飛び込んできた見慣れない天井に驚き、身体を起こすと隣にすやすやと蒼司が眠っていた。

そっか……そうだよね。結婚したんだから当たり前なんだけど、嬉しいな。

蒼司の前髪が目にかかっていたのでそっとかきあげる。無防備な蒼司の姿が新鮮でつい見惚れてしまった。

「んん……」

蒼司の眉間に少し皺が寄る。そしてゆっくりと瞳が開き、ふにゃっと笑った。

「菜那さん、おはようございます」

ドキッと心臓が高鳴る。

「おっ、おはようございます」

「朝からとてもいい眺めですね」

蒼司の視線が少し下がった。ん？　と不思議に思い菜那も視線を下げる。

「へぇっ⁉　なんで⁉」

丸裸の自分の姿に驚き、慌てて布団で身体を隠した。

「なんでって……やっぱり覚えてないんですね」

しょぼんと目を伏せる蒼司を見て、自分のしでかしたことの大きさに気が付いた。

ま、まさか……エッチしたのに酔ってて私だけが覚えてない⁉

目を閉じて昨日の記憶を脳内で手繰り寄せる。

お別れ会をして、蒼司さんが迎えに来てくれて……それで……それで……

「つぁああ‼」

蘇ってきた記憶に驚いて大きな声を出した瞬間、キーンと頭に痛みが響いた。思わずこめかみを押さえる。

「ううっ」

完全に二日酔いだ。昨日、蒼司と身体を重ねたことは思い出した。でも行為が終わった後の記憶がないということはつまり……

「私、寝落ちしちゃいました、かね……？」

おずおずと蒼司を見ると彼はニッコリと笑いながら頷いた。

「っ～～～！　本当に申し訳ございません！　蒼司さんがベッドに運んでくれたんですか？」

「いいんですよ。酔った可愛い菜那さんも見られたんですから。とてもエッチで可愛かったですよ。でも――」

蒼司の鼻の頭が耳をかすった。

「酔うのは俺の前だけにしてくださいね」

囁《ささや》かれ、吐息が耳を擽《くすぐ》る。ビクッと肩が跳ね、菜那は顔を赤く染めた。

「……き、気を付けます」

「うん、よろしい」

蒼司は満足そうに口角を上げた。

「あ、今は何時だろう？」

「今ですか？　えーっと」

菜那は身体を布団で隠しながら、ベッド横のナイトテーブルに置いてあったスマートフォンに手を伸ばし、時刻を確認した。

「今は六時十分です。宇賀、蒼司さんはいつも何時に起きられるんですか？」

「いつもは適当かなぁ。在宅での仕事が多いし、クライアントとの打ち合わせもだいたい午後からだから。でも今日は午前中から打ち合わせがあるから、早く起きられてちょうどよかったです」

もそっと布団の中で動くと蒼司は起き上がった。

「……幸せだなぁ」

菜那の寝ぐせでうねった髪を優しく撫でながら、蒼司は視線を逸らさない。朝からドキドキしすぎて、こんな生活が毎日続くと思うと、思わず頬が緩んだ。

「あの、私朝食の準備をしますね。蒼司さんはご飯派ですか？　パン派ですか？」

和食も洋食もどちらでも対応できるくらいの食材を既に買い込んである。

蒼司は少し悩んで「ご飯かなぁ」と呟いた。

「ご飯ですね。承知しました。では準備に取り掛かります」

布団から足を出そうとした瞬間、そっと抱き寄せられ、蒼司の胸に頬が触れる。

「へ……あの、蒼司さん？」

朝の蒼司の鼓動はとても穏やかだ。

「そんなに気を張らなくてもいいんですよ。言ったでしょう？　手抜きでもいいって」

「あ……」

「俺の前では頑張りすぎなくていいんですよ」

優しい蒼司の言葉を忘れるはずがない。出会って間もないころ、全力で頑張っていたにもかかわらず理不尽な仕打ちを受け、傷ついていた菜那の胸に突き刺さった言葉だったから。

蒼司にならば、頑張りすぎていない自分を見せられる気がした。

でも……

菜那はそっと胸から離れて、蒼司の顔を見上げた。

「結婚初日くらいは頑張らせてください。明日からは卵かけご飯だけかもしれませんよ？」

少し意地悪な顔だったかもしれない。きょとんと驚いた顔を一瞬見せた蒼司は、「卵かけご飯大好きです」と嬉しそうに笑った。

「あの、ちょっと目を瞑《つぶ》っててもらえませんか？」

「目？　いいですけど……」

蒼司が目を閉じたのを確認すると、菜那はバッと布団を飛び出して服を拾う。

「では、失礼いたしますっ！」

ははははっと笑う蒼司の声を背中に感じながら、目を開けられる前に服で体を隠し、勢いよく寝室を出た。

そして、慌てて洗面所へ駆け込む。鏡に映った自分の顔はとんでもなくひどいものだった。

「うわ……メイク落とさず寝ちゃって……こんなにひどい顔を見せてたなんて……」

最悪すぎる……

一緒に朝を迎えた幸せな気分と、自分のボロボロな姿を見られてしまった恥ずかしさが入り混じる。

「シャワーも浴びたいけど、先に朝ご飯にしよう」

いったん昨日の服を身に纏《まと》い、菜那は顔を洗って身なりを整えた。

チラチラと周りを確認しながら洗面所を出て、蒼司に与えてもらった自室に滑り込む。クローゼットの中から、淡いピンクのロングスカートと白のブラウスを出して着替えた。

頑張りすぎていない自分を見せることもできるけれど、今日くらいは朝ご飯も身だしなみも頑張りたい。

「って、もうボロボロの姿も泣いてる姿も、いろいろ見られちゃってるけどね……」

苦笑いしている自分の姿が全身鏡に映る。

「よし、気を取り直して朝ご飯作ろう！」

部屋を出てリビングに向かうと、そこに立つ蒼司の後ろ姿が見えた。

……わっ、スーツだ。そっか、さっき午前中に打ち合わせがあるって言ってたもんね。

どの角度から見てもカッコいい。綺麗な黒髪にクールな瞳、すらっと高い身長と広い背中。これで一級建築士で一流のホテルまで手掛けているんだから、モテないはずがない。何度考えても自分を選んでもらえたことが夢なんじゃないかと思うけれど、頬を抓《つね》ると痛いのだから現実で間違いない。

菜那の姿に気が付いた蒼司が振り返る。

「菜那さん、とてもお似合いです。いつもの黒のスラックスもいいですが、スカートも可愛いですね。まぁ俺としては無防備な朝の姿も好きでしたけど」

「なっ……す、すぐにご飯の準備をしますね！」

くすくすと笑っている蒼司の横をすり抜け、菜那はエプロンを着けた。いつも蒼司の前で着けていたカジハンドの黄色のエプロンではなく、家で使っていた北欧風の可愛いエプロンだ。

……ちゃんと可愛い服を着て正解だったな。朝の姿はまぁ、仕方ない。

緩む頬を引き締めて、菜那は手際よく朝食の準備を進めていく。一合分のお米を洗い、フライパンを使うことによって二十分程度でご飯が炊き上がる。その間にだし巻き卵と鮭を焼き、わかめとネギの味噌汁を作った。ダイニングテーブルにずらりと立派な朝食が並んだ。

「凄く美味しそうです。こんなちゃんとした朝ご飯は何年振りだろ」

椅子に座った蒼司が綺麗に両手を合わせた。それに合わせて菜那も両手を合わせる。

「「いただきます」」

二人の声が自然と重なった。それがなんだかとても嬉しかった。

蒼司の家で初めて二人で食べる食事。いつも一人で食べていたメニューとなんら変わりはないのに、なんだかキラキラと輝いているように見えた。

だし巻き卵を綺麗に箸で割り、パクリと一口食べると蒼司は目を細める。

「とても美味しいです。こうして菜那さんと一緒に食べるのは何気に初めてですね」

引っ越し作業もお互いの仕事の合間をぬってしていたので、食事はバラバラに取っていた。

「私もちょうど思っていたところでした。一緒に食べるのは初めてだなぁって。お口に合ってよかったです」

「菜那さんの作る料理はどれも美味しいですよ」

最高の褒め言葉に菜那の頬が赤く染まっていく。

「そうだ、菜那さんは今日なにか予定がありますか？」

「今日ですか？　私はハローワークに行こうと思ってます。新しく働く場所を探さないと」

「俺は菜那さんが家にいてくれるのも嬉しいですけどね。でも、菜那さんのやりたいことを応援しますよ。俺にできることがあったら遠慮なく言ってくださいね」

温かな眼差しに少し胸が痛んだ。

新しいことに挑戦したい、そう思う気持ちはあるけれど実際なにをしたいのかもまだわからない。

「ありがとうございます。あの、晩御飯はどうしますか？　なにか食べたいものありますか？」

なんとなく、話を逸らしてしまった。

「晩御飯なんですが、今日は外食にしませんか？　菜那さんと一緒に行きたいお店があるんです」

「私は嬉しいですけど、蒼司さんお忙しいんじゃないですか？」

「大丈夫ですよ。六時ごろに打ち合わせから帰れると思うので、出かける準備だけしておいてください」

「わかりました。楽しみです」

二人で穏やかな会話を楽しみながら朝食を終える。菜那は皿を洗い、蒼司は家を出る準備を始めた。

「じゃあ菜那さん、いってきます」

「はい、気を付けて」

準備を終えた蒼司を玄関で見送る。革靴を履いている蒼司を見てふと思った。

「……なんか本当に奥さんみたい」

菜那はボソリと呟いた。

「みたいじゃなくて奥さんになったんですよ。ほぼ俺の押しが強かったせいですけどね」

「そんなっ、私声に出してました？」

「しっかりと出てましたよ」

「やだっ……」

慌てて両手で口を塞いだ。

「菜那さん」

口を塞いでいた手を取られ、あっという間に唇を重ねられる。

そっと離れていく蒼司の唇は満足げに口角を上げている。

「じゃあ、いってきます」

「……いってらっしゃいませ」

自分の吐く吐息が熱かった。これから毎日こんな感じで、心臓が持つのだろうか。顔も熱くなり、頬を手のひらで冷やしながら蒼司の背中を見送った。

蒼司の背中が見えなくなったところで菜那もリビングに戻る。

シャワーを浴びて、身なりをもう一度整えた。

「私も行かなくちゃ」

家を出て、ハローワークに歩いて向かう。

仕事をいろいろ調べてみたけれど、どれもピンと来なかった。接客、営業、製造、介護スタッフ、どれもやってみれば楽しいのかもしれない、やりがいもあるのだろう。決められないまま、ひとまず数社だけ求人情報を印刷してマンションに帰ってきた。

そのままソファーに座ることもせず、リビングや洗面所を掃除していたらあっという間に夕方になっていた。大きな窓からは柔らかなオレンジ色の光が差し込んでいる。

「わあ……すっごく綺麗」

蒼司の家に初めて来た時は曇りだったことを思い出す。ここまでトントン拍子に進んでしまったが、後悔は全くしていない。幸せという二文字を噛み締める毎日だ。

ピッと電子音が聞こえ、解錠される音が聞こえた。慌てて玄関へ向かう。

「蒼司さん、おかえりなさい」

「菜那さん、ただいま。早速だけど、行きましょうか」

「はい。鞄だけ持ってきますね」

蒼司の車に乗り、着いた場所は高級ホテルだった。

「あ、あの、私こんな普通の格好なんですけど、もしかして外食ってここでですか？」

ホテルのラウンジに立つ菜那は蒼司のスーツの袖を掴み、気まずそうに肩をすぼめる。菜那の服装はブラウスにロングスカートだ。綺麗めな格好ではあるが、高級ホテルには少し不釣り合いのように感じた。

「はい。でも、大丈夫ですよ。ちゃんと菜那さんのドレスを用意してありますから」

「ええ!?　ドレスですか!?」

「勝手ながら俺が菜那さんに似合うと思ったものを用意させてもらいました。まずは部屋に入って着替えましょう」

嬉しそうにニコッと笑う蒼司を見て、菜那は開いた口が塞がらない。

蒼司にエスコートされながらエレベーターに乗る。ぐんぐんと昇っていき、着いたのは最上階だ。まさか……と思った予想は見事的中した。スイートルームの扉を慣れた手つきで蒼司が開ける。

「菜那さん、どうぞ」

「お、お邪魔します」

中に入ると見たこともない景色が広がっていた。広々とした空間に大きな窓ガラスがあり、夜景がキラキラと輝いている。

「うわぁ……素敵……」

想像を絶するラグジュアリーな空間に、思わず動きが止まってしまった。そして、ハンガーラックに掛けられた真っ赤なドレスが目に入る。ホルターネックのAラインスカートは上半身は細かい花柄の総レースになっており、スカート部分は上品に広がって身体のラインがとても綺麗に見えそうだ。柔らかなデザインは菜那の好みにぴったりだった。

「これ、菜那さんに似合うと思って。着てみてくれませんか?」

蒼司はドレスを手に取り、立ったまま固まっている菜那の身体にあてた。

「うん、やっぱり赤も似合う」

「そんな……えっと、こんな素敵なドレス、いいんですか?」

「菜那さんのために用意したんです。アクセサリーやヒールも用意してありますから、こちらの部屋で着替えてください」

蒼司にうながされるまま、ベッドルームで着替え、髪も自分で軽く整えた。用意されていたアクセサリーが簡単なヘアアレンジでも華やかにしてくれる。

……これで、大丈夫かな？　変じゃないかな？

用意されたものをすべて身に着けた菜那は、少し緊張しながらベッドルームを出た。

「き、着替えました」

扉を開けると蒼司がすぐに気が付き、近づいてくる。そしてピタリと菜那の目の前に止まった。

「菜那さん、とてもお似合いです。凄く綺麗だ」

目を細め、蒼司がうっとりとした表情で菜那を見る。

「この白い肌には何色でも似合ってしまいますね。今度はブルーのドレスもいいかもしれないな」

「なっ……本当に褒めすぎですっ。このドレスがとても素敵なのでそう見えるだけですよ」

「着ている人が素敵だから、服が輝いて見えるんです。では、行きましょうか」

すっと手を差し出され、おずおずと自分の手を重ねる。柔らかに握り、手を取られ、スイートルームを出た。

そのまま来た道を戻るのかと思えば、蒼司はなぜか隣の部屋の扉の前で立ち止まった。

「あの、蒼司さん？　レストランに行くんじゃないんですか？」

「ここですよ。さぁ入りましょう」

「え、どういうことですか!?」

ピッとカードキーで扉が開けられ、わけもわからないまま蒼司にエスコートされる。

目の前に飛び込んできた光景に思わず息を呑んだ。

「なに、これ……」

あたり一面柔らかなキャンドルの灯。まるでどこか別世界へ来たかのような幻想的な空間で、大きな窓ガラスからは夜景の光も差し込んでいる。

「さ、入りますよ」

驚きで声も出ない菜那の手を引き、蒼司は中へ中へとゆっくり歩を進めた。

「わ……」

メインルームに用意された豪華な食事と、バラの花束のようなケーキが目に入る。

「もしかしてこっちのお部屋で食事ですか……？」

あたりを見渡して夜景の見える大きな窓の前に菜那は立った。そっと蒼司が菜那の隣に立つ。

「そうですよ」

「わざわざ別のお部屋だなんてっ……でも嬉しいです」

「よかった。菜那さんの喜んだ顔が見たかったんです。さぁ食べましょうか」

椅子をそっと引かれる。菜那はコクンと頷いて座った。

ケーキをいったん冷蔵庫の中にしまうと、蒼司は菜那の向かい側に座った。蒼司がシャンパンを手に取り、ポンッと軽やかな音を鳴らして、グラスに注ぐ。

「乾杯」

グラスを重ね、食事をいただく。

前菜のサーモンのマリネにメインの牛フィレ肉のステーキ、更にスープや魚料理まであるが、どれもちょうどいい量でぺろりと平らげてしまった。

「どのお料理も美味しかったです。本当になにからなにまでありがとうございました」

「喜んでもらえてよかった。ケーキはどうする？　持ち帰ることもできるから」

「ちょっとお腹もいっぱいなので、持ち帰ってもいいですか？　明日一緒に食べましょう」

「そうしようか。今日はこの部屋でゆっくり過ごそう」

すっと立ち上がり、大きな窓の前に蒼司が立った。外の夜景を眺めているようだ。

菜那も立ち上がり、蒼司の隣に並ぶ。

「あの……今日はこのお部屋に泊まれるんですか？」

蒼司は身体を菜那のほうに向けた。蒼司の手が菜那の頬を包み込む。

「もちろんです。そのまま俺が帰すとでも？」

「それは……」

とくんと柔らかに胸が痛んだ。

「菜那さん」

落ち着いた声で名前を呼ばれ、蒼司としっかり目が合う。

この吸い込まれてしまいそうな真剣な瞳は、以前にも見たことがある。

「もういくら鈍感な菜那さんでも気が付いたと思いますけど……」

そう言いながら大きな夜景の見える窓をバックに蒼司は片膝を床につき、ポケットから小さな箱を取り出した。

「え……」

ドラマでしか見たことがない光景に菜那は目を大きく見開き、驚きを隠せずにいる。そのまま蒼司は菜那を見つめ続け、ぱかっと小さな箱を開いた。箱の中には、窓の外に広がる星空のようにキラキラ光る大粒のダイヤモンドが収められていた。菜那は驚きのあまり、何度もパチクリとまばたきをして見直してしまう。

「菜那さん、俺と結婚してください」

「っ……」

既に一度聞いたはずの言葉なのに、不思議と初めて聞くような新鮮な気持ちだった。言葉が身体中を駆け巡り、嬉しさと感動で瞳が潤み出す。

「これは、プロポーズですよね？」

「そうですよ。ちゃんとロマンチックなプロポーズを菜那さんにしたくて。まあ俺の自己満足なんですけどね。改めて、俺と結婚してくれますか？」

ははっと少し照れたように笑った蒼司に菜那は胸を打たれた。

どうしようもなく、蒼司さんのことが愛おしい。

菜那は蒼司に勢いよく抱きついた。

「えっ？　菜那さん？」

恥ずかしくて自分から抱きつくことなんてめったにしないからか、蒼司が驚いている。

「喜んでお受けしますっ」

「よかった……」

蒼司がホッとしたように呟き、ゆっくりと身体が離れる。

立ち上がった蒼司に左手を取られ、菜那は促されるように指を伸ばした。緊張で少し指先が震えているのがバレていないだろうか。

あ……

左手の薬指が少しヒヤッと感じた。手元を見るとキラリと輝く指輪がはめられていた。

左手を裏返しながら何度も指輪の存在を目でしっかりと確認する。自分の指にはめられた指輪を見ると、更に実感が湧いてくる。自分は結婚したのだと。とても優しく、いつもその包容力に助けられてきた、尊敬する大好きな人との結婚。

瞳からツーっと涙がこぼれた。

「一生、大事にする」

「私も、一生大事にします」

当たり前のように身体が引かれ合い、唇が重なった。

ドレスがくしゃくしゃになることなんて気にせず何度も力いっぱい抱き合い、今の思いをすべてのせたキスを繰り返す。

ゆっくりと唇が離れ、ふとガラスに反射していた自分の顔が横目に入った。

わ……私ってばこんな顔して……

今にもあなたが欲しい、抱いてくださいと口からこぼれそうなほど蕩けた表情に息を呑む。

蒼司に後ろから抱きしめられ、自然と窓ガラスのほうを向く。重なった二人の姿がガラスに映し出された。

「デザートに菜那さんのこと食べてもいい？」

菜那の耳元で囁《ささや》く。

甘く響く声にゾクゾクと背筋が震え、菜那は自身の身体を両手で抱きしめる。

「あっ……」

背中のファスナーがゆっくりと下ろされていく。けれど菜那は抵抗しなかった。

——抱かれたい。

蒼司と同じ気持ちだったからだ。

足首までドレスが下ろされ、下着姿の菜那が窓に映り、夜景に溶け込んでいる。

「とても綺麗です」

うっとりした瞳で蒼司はガラス越しに菜那を見つめる。

首筋にキスを落とされ、ブラジャーが同時に外された。パサッと音を立てて床に落ち、菜那の豊満な胸があらわになる。

「あっ……」

外から見えないよね……？

「蒼司さんっ、あの誰かに見られたらっ」

「大丈夫」

蒼司は両胸を後ろから掴んだ。

「あっ……」

「妻の淫らな姿を他人に見せるわけないでしょう」

「ならよかっ……あんっ……」

蒼司の手によってぐにゃりと卑猥に形を変えた乳房が視界に入る。

自分の身体のはずなのに、どうしてこうも妖艶に見えるのだろうか。

むにゅむにゅと揉みしだかれ、ふくらみの先端がぷっくりと尖っている。それを蒼司は指と指の間で摘まんだ。

「あんっ……はぁんっ……」

下半身がムズムズし始める。腰がうねり、身体のバランスを崩した菜那は両手をガラスについた。

尻を突き出したような姿勢の菜那に、蒼司が覆い被さる。左右の尖った蕾を指先で摘まみ、耳朶《みみたぶ》を食《は》まれた。

「はぁんっ……だめぇっ……」

「菜那さんのダメはダメじゃないって……わかってますから」

ぴちゃぴちゃと耳を舐められ、水音がダイレクトに耳に響く。胸を執拗に揉まれて身体中の熱が二つのふくらみに溜まり始めた。

胸を掴んでいた蒼司の右手が身体のラインをなぞりながら、ショーツの中へ入っていく。

「あっ、ふっ……」

蒼司の中指が、熟れた割れ目を撫でた。

ゆっくりと蜜溝を擦られ、秘核をくにゅりと指の腹で撫でられる。

「胸だけでこんなに濡らして、菜那さんは本当にエッチな人だ……見てごらん、こんなにエロい顔してる」

顔を逸らせないよう、蒼司の左手が菜那の顎をそっと持った。

ガラスに映る菜那の顔は蕩けた女の表情をしていて、自分でもゾクリとした。きっと顔全体が紅潮しているのだろう。

「やっぱり……恥ずかしい、です……見ないで……」

「ダメ。俺だけに見せて、妻の乱れた姿を見られるのは夫の特権でしょう?」

「そう、ですけど……んあっ!」

くぷっと中指が蜜口の中へ入った。顎を押さえていた左手は胸へと移動し、乳首を摘まむ。蜜壁を指の腹で擦られ、淫靡《いんび》な水音がショーツの中から漏れ出した。

「あぁっ、はっ、あっ……」

蒼司の指が菜那の中を執拗にかきまわす。彼の指は菜那のイイところを知っているようで、指の腹を使って突き上げたり、動かすリズムを変えたりしてくる。

「凄い濡れてる……」

「やっ、言わないでくださいっ……！」

べったり濡れてしまったショーツは脱がされ、太ももの部分で中途半端に止まっている。

カチャカチャとベルトを外す金属音が聞こえ、ふと後ろを振り返ると息を上げた蒼司と目が合った。

あ……

視線を下にずらすと獰猛《どうもう》に立ち上がった雄茎が見える。先端は艶《つや》やかに光り、ビクビクと脈打っているようだ。

「っ……！」

菜那の足の間に蒼司のいきり勃った肉棒が挟まれる。

「足、もっと閉じて」

蒼司の言葉に従い、菜那は足を閉じた。花弁の表面に芯が当たり、熱が籠る。

「あっ、はっ……」

前後に動き出し、ぐちゅぐちゅと音を立て始めた。

腰を動かしながらも、蒼司は器用にジャケットとネクタイを取って床に落としていく。はだけたワイシャツから覗く肌が菜那の背中に覆いかぶさる。足の間を熱く擦られ、中に入っていないはずなのに気持ちいい。

「あぁんっ」

激しい動きに支えている手が耐えきれず、ガラスに上半身を押し付ける。胸が押しつぶされ、圧迫感が凄いものの、蒼司の動きをしっかりと受け止められた。

もっともっと欲しくなる。蒼司にならぐちゃぐちゃにされてもいい。

菜那は顔を後ろに向け、懇願した。

「もっと……もっと蒼司さんが欲しい……そのままください……」

「っ……あなたって人は」

太ももの間から雄芯が抜け、菜那は振り返って自ら蒼司に抱きついた。腕を首に回し、唇を奪う。

濃厚なキスを繰り返しながら蒼司はパンツと下着を脱ぎ捨て、菜那の右足をグイッと上げた。

「あぁっ……！」

初めての角度から剛直が突き刺された。熱を直に感じ、熱さを吸い取るように蜜壁がきゅうきゅうと締め付ける。

「っ……ヤバいな」

困ったように呟きながら、蒼司は腰を打ち付けた。

「はぁあんっ」

奥まで突き上げられ、力強く抱きしめられる。強い密着感に、バクバクと高鳴る心臓の音まで伝わってしまいそうだ。

繰り返される激しい抽送に、床についている側の足の力がなくなってくる。それを悟ったかのように膝の後ろに腕を入れ、蒼司がグイッと持ち上げた。

「やっ……！」

菜那は反射的に両足をクロスして蒼司の腰にしっかりと絡みついた。蒼司は菜那の柔らかな尻を持ち上げるようにして、身体を支えてくれている。

「こんなっ、落ちちゃ、んあぁっ」

少しの動きで蜜壁が刺激される。

「大丈夫、俺が菜那さんを落とすわけないでしょう」

「そんなっ、んうっ……ん、んっ」

キスで唇を塞がれ、すべての動きを封じ込められてしまったよう。

ゆっくり、けれど確実に奥の奥まで突き上げる蒼司の雄芯に蜜壺の中をかきまわされ、蜜が溢れ出す。

菜那の豊満な胸は蒼司の厚い胸板に潰され、身体全体がかなり密着している。落ちないよう力を入れて蒼司にしがみついているからだ。

どうしよう……凄く疲れる格好なのに、気持ちよくてずっとこうしていたいかも……

「あっ、ふぁっん……！」

蒼司が菜那と繋がったまま歩き出す。ズン、ズン、と歩くたびに剛直が中を擦り上げ、気持ちよさが身体中へ伝わる。

キスを繰り返しながら、メインルームの隣にあるベッドルームまで歩を進める。

クイーンサイズのベッドに蒼司は腰かけた。菜那が絡ませた足をほどくと、蒼司がじぃっと見つめてくる。

「あの、蒼司、さん……？」

「菜那さんが動いてくれませんか？」

「え……わ、私がですか？」

「そう、自分の気持ちいいように動いてみて。この前の夜みたいに」

蒼司は促すように菜那の柔らかな尻を下からすくい上げてくる。

この前の夜とは、菜那が酒に酔っていた日のことだろう。あの日はアルコールの力もあってかなり大胆になれた。今日はシラフだ。でも、蒼司が気持ちよくなってくれるなら……

菜那は控えめに腰を前後に動かし始めた。

「ん、ん、んあ……あんっ……」

快楽に、腰の動きが止まらなくなる。

決して奥まで突き上げられているわけではないのに、中をゆっくり擦るのが自分は好きなのかもしれない。せり上がる愉悦に思わず背を反らす。

「絶景ですね……」

艶《つや》めいた息を吐きながら、蒼司は目の前に突き出される突起を舌先で転がすように舐めまわした。

「あぁん、はっ……それダメですっ、両方は気持ちいいっ……！」

快楽で脳がぼうっとし始めた。

無我夢中で腰を動かし、更なる快楽を求めて胸を反らし、蒼司に突き出す。蒼司も夢中で菜那の胸を掴み、乳首を吸い上げている。

「ん、菜那さんは両方弄られるのが好きですもんね……でも、これは俺も視覚的にもクるんだよな……くっ……」

蒼司の顔が快楽で歪み始めた。その表情を目にし、もっと自分の動きで蒼司を気持ちよくさせたい、この顔が見たいと思った。

「あんっ、蒼司さんももっと気持ちよくなって……んうっ」

「十分気持ちいいですよ……菜那さんも……」

温かい口腔内で先端を舐め転がされ、胸の脇からむにゅむにゅと揉まれ続ける。自分だけでなく彼も気持ちよくさせられているという喜びが、菜那の動きを更に加速させた。胸を蒼司の顔に押し付けながら、腰を大きく前後にずらす。

「ん、っ……」

蒼司の艶声にバクバクと心音がうるさく反応する。もっと彼の漏らす声が聞いてみたい。

「あんっ、蒼司さんっ……あっ、なんかっ、やっ、キちゃうかもっ……」

せり上がる愉悦に自ずと動かすペースが速くなる。

「うん、自分の気持ちいいように動いて。俺も凄く気持ちいいから」

「本当？　蒼司さんもちゃんと気持ちいい？」

「気持ちいいよ、本当はイキたいのを我慢してるんだから」

「よかった……あうっ、あぁ……なんか、もう、イッちゃう……んんぅ〜〜〜！」

蒼司に思いっ切り抱きつき、身体が一気に硬直する。快楽の余韻からビクビクッと身体が震え続けた。

息を乱しながらゆっくりと蒼司から身体を離す。

「はぁ、はぁ……ごめ、なさい。私ばっかり気持ちよくなってしまって——ふぇっ⁉」

達したばかりで敏感な身体がベッドに押し倒され、うつぶせの状態から尻を持ち上げられる。一瞬の出来事に驚いていると、蒼司が耳元で囁《ささや》いた。

「もう少しだけ、付き合ってくださいね」

「え……んあぁっ！」

ズププと獰猛《どうもう》な鏃《やじり》が菜那の蜜口を突き刺した。腰を打ち付ける衝撃で身体が前へ行かないよう、蒼司が菜那の腰をしっかりと掴んでいる。

もう、気持ちよすぎてなにがなんだかわからない。胸が四方に揺れ動き、喘《あえ》ぎすぎて声が嗄《か》れ、強い快楽で瞳に涙が溜まり始める。

「あぁっ、蒼司さんっ、好きっ……はぁんっ」

「俺もですよ……くっ……もうっ……」

更に動きは激しさを増し、中で動く雄芯が硬さを増してくる。それが堪らなく嬉しかった。

「っ……！」

息を詰まらせた蒼司が一気に剛直を蜜口から抜き出した。

ポタポタと背中に生暖かいものを感じ、へたりと力が抜けた菜那はベッドへうつぶせる。

「菜那さん」

頬に柔らかさを感じ、思わず頬が緩んだ。

「愛してる」

「私も、愛してます」

ベッドに寝そべったまま、触れるだけの優しいキスを交わした。

第五章　俺の妻だ

四月上旬、今日は蒼司が設計を手掛けたヨーロピアンテイストの高級ホテルのオープニングパーティーだ。プロポーズの時にプレゼントされた赤のドレスを身に纏《まと》い、彼の本当の妻として菜那は蒼司の隣に立っている。

「本当に素敵なホテルですね。素敵すぎてなんて言葉にしたらいいのか……連れてきてくれてありがとうございます」

「いえ、こちらこそ一緒に来てくれてありがとう。皆さんに堂々と菜那さんを妻だと紹介できます」

「そんなっ、蒼司さんの足手まといにならないように気を付けますね。でも本当に素敵……私ったら何回も同じ言葉ばっかり言ってますね」

「ははっ、ありがとうございます。素敵なホテルに仕上がりました。関係者の方々のおかげです。

でも、菜那さんに褒められるのが一番嬉しいかもしれません」

満足気に微笑む蒼司の表情はいつも以上に自信に満ち溢れていて、妻としてもとても誇らしいと思った。

菜那は両手を合わせてうっとりとした表情を見せながらも、辺りをキョロキョロと見渡した。

大きなバンケットホール内にはオーケストラが穏やかな美しい旋律を奏でている。中庭に面した壁は全面総ガラスで、外では大きな噴水が陽の光に照らされてキラキラと輝いていた。午後のそよ風に揺られて花達も音楽にのっているようだ。

彼の仕事が成功して、彼の幸せそうな顔を見られることがこんなにも嬉しいなんて……こんな気持ちは蒼司に出会わなければ知らなかった。

「宇賀谷さん、本日はお越しいただきありがとうございます。あなたのおかげで立派なホテルができあがりました」

白髪を短く綺麗に整えた、ダンディな男性がニコリと笑いながら蒼司の前に立った。後ろには二人の男性が一歩下がって立っている。

「芦名《あしな》さん、こちらこそお招きいただきありがとうございます。私だけの力ではありませんから。皆さんのおかげです」

挨拶を返す蒼司の横で、菜那もぺこりと頭を下げる。

「こちらの女性はもしかして……？」

「ご紹介が遅れて申し訳ございません。妻の菜那です。こちらは、このホテルの社長の芦名さん」

蒼司に紹介され、菜那はもう一度お辞儀をした。

「菜那です。夫がお世話になっております」

簡単に挨拶をすませると芦名は他の人へ挨拶に向かった。

その後も緊張の糸は緩むことはなかった。大勢いる人の中でも蒼司の輝きは宝石のようで、蒼司に挨拶をするために次から次へと人が集まってくる。もちろん妻としての役目も忘れずに、菜那は蒼司の隣に立ち何度も頭を下げていた。

しばらくその場から動かずに挨拶を繰り返し、人が途切れたところで蒼司と菜那はふぅと疲れを吐き出すような息をつく。

「菜那さん、ありがとうございました。挨拶ばかりで疲れたでしょう？」

「全然。蒼司さんの大切なお仕事関係の方達を知れて嬉しいです。私だって、その、妻らしく挨拶させてください」

「本当に菜那さんは優しい人だ。ありがとう。喉が渇いたでしょう？　ドリンクをもらいに行きましょう」

「はい。カラカラになっちゃいました」

二人で肩を並べ、近くを通ったウエイターからドリンクをもらう。この後にスピーチを控えている蒼司にあわせ、菜那もミネラルウォーターをもらった。

蒼司さんが今から頑張るのに私だけお酒なんて飲めるわけないよ。それに緊張でお酒なんて飲んだら酔っぱらっちゃいそう……

「今のうちになにか食べましょうか」

「はい。美味しそうなものばかりで迷ってしまいます」

立食形式でブッフェ台に軽食が用意されていた。すべて取りやすいように小皿に盛られていて、招待客への配慮を感じられる。実際に周りから聞こえる声は称賛ばかりだ。

菜那も一口サイズのサンドイッチを一つ手に取り、パクリと食べる。

「んん！　美味しいです。この生ハムとクリームチーズが凄く合ってます」

一口で口の中が幸せいっぱいになり、思わず笑みがこぼれる。

「美味しそうですね。私も食べたくなりました」

蒼司もサンドイッチを取った。一口食べて菜那と同じような表情になる。

……蒼司さんも気に入ったみたい。この材料なら家でも作れそうだから今度作ってみようかな！

食べ終えて、窓の近くで外の景色を眺めていると一人の女性が目に入った。

「蒼司さん、あの方こちらに向かってきていませんか？」

「誰でしょう？」

高いヒールをカツカツと鳴らしながら、モデルのようなすらっとした女性が菜那と蒼司のほうを目がけて歩いてくる。真っ赤なタイトドレスがよく似合う人だ。菜那も赤のドレスを着ているが全く違う。圧倒的な存在感に思わず一歩下がりそうになった。

女性は二人の目の前でピタリと止まった。

「久しぶりだね、蒼司くん」

長い髪を綺麗に巻いた女性は蒼司だけを視界に入れているようで、菜那のほうは一切見ようとしない。

……蒼司さんの知り合い、だよね？

「愛羅《あいら》か、驚いたよ。もう日本に帰って来てたんだな」

「ええ、蒼司くんの手がけたホテルをこの目で絶対に見たいと思って急遽帰国したの」

クスッと笑った愛羅は蒼司の腕に自分の腕を絡ませた。

んなっ⁉　蒼司さんにくっつきすぎなんじゃ……⁉

ハラハラとモヤモヤが交じり合う。

そんな菜那のことは気にもとめず、愛羅は上目遣いで蒼司を見つめていた。

「蒼司くんに会いたかったからってのもあるけど、インテリアコーディネーターとしてもかなり興味があったの」

「そうだったんだな。ありがとう」

蒼司はピクリとも顔色を変えずに、愛羅の腕をそっと離す。

あ……よかった……

距離を取ってくれたことに菜那はほっと安堵の息をついた。

「菜那さん、紹介しますね。こちら町田《まちだ》愛羅さん。俺の幼馴染でアメリカの建築会社で働いているんです」

幼馴染……どうりで少し砕けていて距離感が近いと感じたわけだ。菜那はぺこりと頭を下げた。

「初めまして、妻の菜那です」

「妻……？」

愛羅がボソリと言葉を返した。

「あぁ、俺の妻。最近結婚したんだ」

「最近ね……知らなかった。早く教えてくれればよかったのに」

「悪かったな」

愛羅の口元は笑っているが、目の奥が笑っていないように感じるのは気のせいだろうか。菜那を見る愛羅の視線が棘のように突き刺さり、痛いくらいだ。

「いいのよ。蒼司くんの奥さんかぁ……」

愛羅は一歩前に出て、菜那にすらりと長い手を差し出した。

「菜那さん、仲良くしてね」

なんの疑いもなく菜那も手を伸ばして握手をする。

「はい、こちらこそよろしくお願いします、っ⁉」

繋がっている手をグイッと引き寄せられ驚いていると、愛羅が耳元で囁《ささや》いた。

「蒼司くんのことでわからないことがあったらなんでも聞いて？　なんでも教えてあげるから」

「へ……？」

今、なんて？

「あの、町田さん……？」

恐る恐る愛羅の顔を見上げると、一瞬だけ鬼のように怖い顔をしたのが見えた気がする。その表情があまりにも迫力があって背筋に寒気が走った。

パッと愛羅に手を離され、菜那は握られていた右手を左手でかばうように覆う。

愛羅さんのあの顔……気のせい、だよね……

なんだか心がモヤッとする。

「そうだ、蒼司くん。久しぶりの再会なんだから今夜ディナーに付き合ってくれない？」

猫のように甘えた声を出し、愛羅は菜那と蒼司の間に割り込んできた。

え……二人きりで……？　でも、久しぶりの再会だし、蒼司さんも断れないよね……

蒼司は一歩下がり、愛羅から距離を取ると、しゅんっと肩を落としていた菜那を引き寄せた。

「そ、蒼司さん？」

「ごめん。今日は妻と大事な約束があるからまた今度な。菜那さん、行きましょう」

「ちょっと、蒼司くん！」

明らかに機嫌の悪い愛羅の声をスルーし、菜那の腰に手を回したまま蒼司はゆっくりと歩き出した。

「あの、蒼司さん、いいんですか？　町田さんと久しぶりの再会なんですよね？」

背中に突き刺さる視線がどうしても気になる。けれど振り返る勇気はなかった。

「ん？　愛羅と二人で出かけてほしかったですか？」

少し意地悪な顔で笑う蒼司に菜那は口を尖らせた。

「……もう、意地悪ですね」

「ははっ、愛羅とは年も離れてるし、妹みたいな存在ですから気にしなくていいですよ」

蒼司はそう言うが少し羨ましいと思ってしまった。

愛羅と蒼司の関係はとてもフランクで、蒼司の自分に対する態度とはまた違うものだったから。

蒼司は菜那に対してとても優しい。大切な宝物を包み込むように温かく接してくれる。だからか、少し硬さを感じる時もある。

「菜那さん」

「はい？」

蒼司の小指が菜那の小指に絡まった。

「夜は菜那さんとの約束がありますから」

「約束、ですか？」

菜那は首を傾げた。蒼司となにか約束した記憶がない。

「スイートルーム、招待するって言ったでしょう？」

「あっ……そんな、あの時の話覚えててくれたんですか？」

仕事中、菜那が蒼司のパソコンを見てしまった時に交わした会話。蒼司はそんな些細な話も覚えていてくれた。嬉しさで頬が緩む。

「当たり前でしょう。俺が菜那さんと一緒に泊まるのをどれだけ楽しみにしてたと思ってるんですか」

絡まっている蒼司の小指の力が少し強まった。

「蒼司さん……本当にありがとうございます」

菜那も少し強く握り返した。そのままずっと繋いでいたい気持ちを抑え、菜那からそっと指をほどく。

「そろそろスピーチの時間じゃないですか？」

「ですね。少し一人にさせてしまうので、端のほうで待っていてもらえませんか？」

「もちろんです。しっかり蒼司さんの勇姿を見させてもらいますね！」

サラリと蒼司が菜那の頭を撫でた。

「失敗しないように頑張らないと。あ、男性に話しかけられても無視してくださいね」

「なんでですか？」

蒼司は菜那の耳元に顔を近づけた。

「菜那さんはとても魅力的な人だから心配なんです」

「そんなっ……」

耳元を擽《くすぐ》る甘いだけじゃない、少し苦みのある声に身体の芯から熱くなる。頰にちゅっと熱く柔らかな蒼司の唇が触れた。

「じゃあ、いってきます」

恥ずかしさのあまり声が出ず、菜那はコクンと小さく頷き、蒼司の大きな背中を見送る。

時間になると蒼司がステージに立った。隣にはこのホテルの社長、芦名が立っている。

「カッコいい……」

思わずポロリと声に出てしまう。

大勢の人の前に立つ蒼司の姿はとても凛々しく、この会場に飾られている大きなシャンデリアよりももっと輝いて見えた。堂々とマイクに向かってこのホテルの素晴らしい特徴や、設計への想いを述べている。菜那は一言一句聞き逃さないよう、目で、耳で、蒼司の言葉を感じていた。

蒼司のスピーチが終わり、会場が大きな拍手で包まれる。自分のことじゃないのにとても誇らしい気持ちになった。離れている蒼司を目で追うが大勢の人に囲まれて姿が見えずらい。

ふふっ、気長に待ってよう。

喉が渇いたので飲み物をもらいに行こうと一歩踏み出すと、タイミングよくウエイターが目の前を通った。

「あっ、すみません。ノンアルコールのものをいただけませんか？」

声を掛けるとすぐに立ち止まったウエイターは、驚いた顔をして菜那を見た。

「菜那、だよな……？」

え……？

見覚えのある顔に菜那の身体は金縛りにあったように硬直した。

「……なんで、いるの」

賑やかな会場で、菜那のかぼそい呟きはすぐにかき消されてしまう。手には不穏な汗がにじみ始める。

――お前、おかんみたいじゃん。

嫌な思い出がフラッシュバックし、頭の中を駆け巡った。

前髪をきっちりと纏《まと》めていて一瞬気が付かなかったが、目の前に現れたのは菜那がかつて付き合っていた樹生だ。

「なんでお前がここにいるんだよ。まさか、転職した俺を探してここまで来たとかじゃないだろうな？」

「なっ……！」

委縮する菜那に対して、樹生は急に傲慢な態度になりニヤリと笑った。

「お前、俺のこと大好きだったもんなぁ。あんな別れ方になって悪かったと思ってるよ。にしても今日はドレス着てるから随分綺麗じゃん」

あの日からなにも変わらない樹生の態度にうんざりする。

再会しても心が揺らぐことは全くない。ただただ嫌な思い出が蘇るだけで、菜那にとって樹生はもう完全に過去の存在になっていた。

菜那はジロジロ見てくる樹生に背を向けて歩き始める。その場にいるのも、視界に入るのも嫌だった。

「おい、菜那待てよ。もうすぐ交代の時間だから俺の部屋に来いよ、今日はこのホテルに部屋取ってんだ。久しぶりに話そうぜ」

ぱしんと腕を取られ、ゾクゾクと嫌悪が背筋に走る。

元カレといえど、触れられるのは嫌だ。もう蒼司にしか触れてほしくない。触れたくない。

それに蒼司が誠心誠意、力を込めて作り上げたこのホテルの部屋に樹生がいると思うと嫌気がさす。

「……離して」

「あ？」

「だから、離してって言ってるんです！」

グイッと力を込めて振りほどこうとするが男の人の力に敵うはずがなかった。

どうしたらいいんだろう……

ここで騒ぎにしたら蒼司に迷惑が掛かってしまう。樹生に掴まれている腕にギリギリと痛みが走り、菜那は目を伏せ、頬を引き攣《つ》らせながら唇を噛みしめた。

「おっとすみません」

声と同時にバシャッと音を立てて、赤ワインが樹生の服に大きなシミを作った。

――え？

「は……？」

樹生が歪んだ声を発した。

菜那も驚いて顔を上げると、蒼司が空のワイングラスを持って立っている。

「蒼司、さん……」

呆気に取られている樹生の腕を蒼司がはたき落とし、菜那を後ろに隠した。

「これは失礼いたしました。手が滑ってしまって、着替えをすぐに用意してもらいますのでいったん外に出ましょう」

蒼司はニコリと口角を上げて樹生を見ているが、その目には影が差しているようだ。樹生も仕事中だからか、取りつくろった笑顔で蒼司を見た。

「お客様のほうこそ濡れてはいませんか？　私のほうは着替えがありますのでお気になさらないでください」

「いいえ、申し訳ないですから、さぁこちらへ」

「えっ、あの、お客様っ……」

有無を言わせまいと蒼司は樹生の両肩を掴み、そのままバンケットホールからどんどん離れていく。菜那も慌ててその後をついていき、人気のない通路で足が止まった。

「あの、お客様どうなさいましたか？」

「君、彼女になにをした？」

蒼司が樹生を鋭い視線で睨みつける。

「私ですか？　そちらのお客様にドリンクをお出ししようとしただけですが」

「ドリンク……それだけじゃありませんよね？」

樹生の表情も次第に眉間に皺が寄り始め、怪訝な顔つきになってきた。

不服気な樹生はブンッと肩を回し、蒼司の手を振り払う。

「知り合いだったので話していただけですよ。変な言いがかりはよしてください。コイツの知り合いですか？」

「私の妻ですが」

その言葉を聞いた瞬間、樹生が乾いた笑いをあげ、冷めた瞳で菜那を見る。

「ははっ、嘘だろ？　俺と別れたばっかりなのにもう結婚してんのかよ。じゃあ、あれだ、菜那も俺と同じで浮気してたんだな」

悪意の籠った言葉に胸を痛めながらも、菜那は声をあげた。

「違うっ、私は——」

「ふざけるな」

蒼司の聞いたことがない、腹の奥底から出ているような低い声に菜那の声がかき消される。

菜那がビクッと肩を震わせた瞬間、バァンと音を立てて樹生が壁に追いやられていた。

「菜那に気安く触れたのはこの右手か？」

……蒼司、さん。

こんな時に不謹慎かもしれないけれど、蒼司に菜那と呼び捨てにされ、ドクンッと菜那の心臓が高鳴った。

壁際に追いつめられた樹生はグイッと右手を蒼司に掴まれ、顔を歪めている。

「なに、あんな女のために怒ってんの？　ババアみたいな奴のことが好きとかアンタの趣味どうかしてるよ」

樹生はハハッと菜那をあざ笑った。ぴくりと蒼司の眉が動く。

最低だ……

人を小馬鹿にするような笑い方に見覚えがある。樹生が浮気した日もそうやって菜那のことを馬鹿にしていた。

悔しくて、もうその場にいるのも嫌になる。思わず手が伸び、蒼司のジャケットの裾を掴んだ。

「蒼司さん、もういいです。行きましょう」

すると蒼司がくすくすと笑い始めた。初めて見る悪魔のような微笑みに菜那は目を見開く。

も、もしかして、もの凄く怒ってる……？

「馬鹿な男だな」

ギリギリ聞こえるくらいの低い声で蒼司は呟いた。

掴んでいる樹生の腕を振り払い、蒼司は菜那を抱き寄せる。

「あなたは菜那さんのよさをなにもわかっていませんね。本当に手放してくれてよかった。でも……妻を馬鹿にしたこと、俺を怒らせたこと、後悔しますよ」

「は……？　なに言ってんだよ。お前にそんな力ないだろ。それに菜那のよさってなんだよ、料理ができるくらいじゃん」

樹生は気だるげにため息をついた。

「もう面倒だわ。菜那のことは俺はもうこれっぽっちも好きじゃないからアンタにあげるよ。じゃあ仕事に戻るわ」

樹生はシッシッと蒼司と菜那を追い返すように手を払った。けれど蒼司は動こうともしない。

「……仕事に戻れると思っているんですか？」

蒼司の問いかけに樹生はピクリと眉を動かした。

「は？　なに言ってんの？」

「あなたのような従業員がいるだけでこのホテルの価値が下がってしまいますから。もう不要かと」

「ははっ、お前なに言ってんだよ。どんな権限があってそんなこと言ってんの？　どうせその辺の会社の営業マンかなんかだろ？」

樹生はギロリと蒼司を睨みつける。

「デカい口叩いてんじゃねーよ」

樹生の偉そうな態度に蒼司は微動だにしない。

……もしかして蒼司さんがこのホテルの設計者って知らないの？　ウエイターなのに？

蒼司が何者か気が付いていない樹生は続けて蒼司を罵る。

「まぁそんな奴には菜那みたいな普通の女がお似合いだよ。俺のお古でよければやるよ」

樹生の鋭い刃のような言葉が菜那の胸に突き刺さる。

こんな人が蒼司さんが大切にしているホテルで働いてるなんて……でも、こうなったのは私のせいだ。

過去の自分を悔やみ、思わず両手をぎゅっと握りしめた。

「蒼司さん――」

「あなたのような従業員がいるなんてこのホテルが可哀想だ」

蒼司の毒を含んだ声が菜那の声に重なった。蒼司は虫けらを見るような瞳で樹生を見ている。

「あ？」

樹生は口元を引き攣《つ》らせ、拳でドンッと勢いよく壁を叩いた。

「俺は優秀だ。それを評価できない上司がクソなんだよ。毎日毎日雑用ばっかりやらせやがって、あのジジイ。まぁこのホテルもそんなもんだったってことだよな、人を見る目のない奴らばっかりだよ」

なにかがプチッと切れたように、樹生は酷い言葉を吐き続ける。

「お前だって菜那と付き合ってるのは楽だからだろ？　デートにも連れていかなくてもいいし、家事は勝手にしてくれるし、まぁセックスはつまんなかったけど」

樹生の言葉が菜那を切り裂く。蒼司の前で、そんなこと言われたくなかった。

「っ……」

悔しさで握りしめた手が、蒼司の大きな手に包み込まれる。

蒼司の顔を見上げると、同じように悔しそうな表情を浮かべていた。

「蒼司さん……」

罵詈騒音を浴びせられ続けた菜那にも限界が近づく。事を大きくしたくなかったからずっと我慢していた。自分の元カレと遭遇してしまったがゆえにこうなってしまったからだ。

自分のことを悪く言われるのはいい。ホテルのことを悪く言われたことが許せなかった。蒼司がこのホテルをどれだけ大事にしているか、菜那は出会ってからの短い期間ではあるが十分知っているから。蒼司にこんなつらそうな表情をさせた樹生が許せない。

なにか言わなきゃ。

一歩踏み出した瞬間、蒼司が耳元で囁《ささや》いた。

「大丈夫、俺に任せてください」

え……？

驚いて顔を見上げると、蒼司はいつもの優しい笑みを浮かべていた。

菜那を背に隠し、蒼司は樹生を見る。そして、スーツのポケットからスマートフォンを取り出してみせた。

「あなたの暴言、録音ずみですので社長に提出させていただきますね。あなたはもうホテル業界じゃ働けなくなるでしょうね。まぁ自業自得ですが、個人的には妻への暴言は名誉毀損で訴えてもいいと思ってるくらいです」

「っ――!?」

一気に顔色が青くなった樹生は口を開けたままフリーズしている。

「じゃあ私達は失礼しよう、菜那さん行こうか」

「はいっ！」

やっぱり蒼司はヒーローのような存在だ。自然と笑みがこぼれ、軽い足取りで歩き始めると――

「やめろぉおお！」

怒鳴り声が背中に突き刺さる。

「えっ」

思わず振り返ると、鬼の形相をした樹生がこちらへ向かって走ってきた。

蒼司の腕を掴み、樹生が叫び出す。

「おっと、なんでしょうか？」

蒼司は顔色を一ミリも変えず、いたって冷静だ。

「消せよ！　クビになんかなってたまるか！　やっと就職できたのに、お前に人生壊されてたまるかよ！」

……やっとって、もしかして働いてなかったの？

樹生の発言が引っかかるものの、正直言ってもうどうでもいい。蒼司も「それがなにか？」とでも言うような表情をしている。

蒼司に相手にされないからか、樹生は助けを乞うように菜那のほうへヨロヨロと腕を伸ばしてきた。

「なぁ、菜那……お前ならわかってくれるよな？　いつも俺の味方だったじゃねぇか。あんなに俺のこと好きだって言ってくれてただろ？」

「やっ……変なこと言わないで！」

「変じゃねぇだろうがよ！　俺はお前の全部を知ってるんだぞ!?　俺に抱かれて気持ちよさそうに喘《あえ》いでたじゃねぇかよ！」

「やめ――」

菜那の言葉を遮るように、ドスンと鈍い音を鳴らして樹生が尻餅をついた。

……え？

あっという間に、樹生の身体の横に蒼司がガンッと右脚を落とした。

蒼司はなにも言葉を発しないが、怒っていることが後ろ姿から伝わってくる。

「あ、あの蒼司さん……」

タイミングよくわらわらと人が通り始める。その中には芦名もいた。

菜那達の姿を見つけてニコニコと笑いながら芦名が近づいてきた。

「宇賀谷さん、探してたんですよ。ここでなにを？　……うちのスタッフとなにか？」

座り込んでいる樹生を見て芦名はガラリと表情を変えた。笑顔は消え、真剣な表情で蒼司を見上げる。

「これは……」

蒼司は躊躇なくスマートフォンの音声を再生した。もちろん流れてくる音声は樹生の暴言だ。

芦名の顔は引き攣《つ》り、樹生の顔色はみるみるうちに青ざめていく。

「ち、違うんです！　これはこの男に無理やり言わされて……！」

慌てて言い訳を述べる樹生を芦名は睨みつけ、深いため息をついた。

「言い訳は無用。君の処分は後に下す」

「なっ……！　お前のせいだ。お前が黙って俺の言うことを聞いてればいいものの！」

ぶつぶつと呟いたと思ったら樹生はいきなり立ち上あがり、菜那を目がけて飛び掛かった。

「きゃっ……」

反射的に目をぎゅっと瞑《つぶ》り、身体を小さくする。

「触るな」

え……？

いかめしい声に菜那は驚き、目を開く。

蒼司が樹生の腕をひねり上げていた。すぐに警備員が駆け付け、騒ぐ樹生を二人がかりで取り押さえる。

「宇賀谷さん、このたびはうちの従業員の無礼、大変申し訳なかった。あの者、事情があって会社を退職したとかで再就職先を探していたんだが、なかなか上手くいかなかったようで面接の時に私に泣きついてきたんだよ。挫折を味わっているからこそ、しっかり働いてくれると思ったんだがね、私もまだまだ人を見る目を養わないとな」

「いえ、こちらこそ大事になってしまい申し訳ございません。芦名さんはもう会場にお戻りください」

「ああ、じゃあまた後ほどご連絡します」

芦名が蒼司に頭を下げた姿を見て樹生は目を見開いた。

「嘘だろ……こいつそんな偉いやつだったのかよ……」

ぶつぶつと呟く樹生を、警備員が引きずってその場を離れていった。

「では私もいったん席を外させていただきますね」

芦名に頭を下げた蒼司は菜那の手を握りしめ、スタスタと歩き始めた。

どうしよう……私のせいだ。私がもっと早くに樹生を追い払えればっ……

菜那は蒼司の手をぐっと引き留めた。

「蒼司さんっ……ごめんなさい、私のせいでこんなことになってしまって……」

立ち止まった蒼司は菜那をそっと抱きしめる。

「菜那さんのせいじゃありませんよ。あの様子じゃ遅かれ早かれ彼はなにかトラブルを起こしていたでしょうから、早めにわかってよかったですよ」

温かく、人を思いやる言葉に胸が熱くなる。蒼司の胸の中、菜那は顔を上げて、泣きそうになりながらも微笑んだ。

「私はいつも蒼司さんに助けられてばっかりですね。やっぱり私のヒーローです」

「……ごめん、もう限界だ」

ぼそりと呟くと、蒼司は菜那の手を引っ張ってスタスタと歩き出す。

「えっ、あのっ、蒼司さん？」

誰もいないエレベーターに乗り込み、扉が閉まった。

「菜那さん」

「はい――んぅっ」

唇を塞がれ、まるで食べられてしまうかのような激しいキスをされる。舌を吸い上げられ、きつく抱きしめられる。離れた唇が小さく動いた。

「正直、嫉妬でどうにかなりそうだ」

眉尻を下げて、切なげな瞳と目が合った。

「菜那さんをあのクソみたいな男から早く守ってあげたかった。遅くなってごめん。酷い言葉を浴びせられてつらかったですよね。俺が先に菜那さんと出会ってれば……悔しくてたまらない」

私、蒼司さんのことを不安にさせてしまったんだ……

自分だけが守られて、彼を傷つけてしまったなんて。

菜那は両手を蒼司の首に回すと、自ら唇を重ねた。彼に自分の気持ちを早く伝えたい。

「んんっ、蒼司さん……好き……すきですっ……」

「菜那さん……俺のほうが……好きだ。誰にも渡さない」

キスの合間に何度も愛の言葉を繰り返す。息をするのも惜しいほど、愛おしい。

最上階に着くとエレベーターは軽やかな音を鳴らして止まった。

その音に反応してゆっくりと唇が離れていく。唇に残った蒼司の熱が冷める間もなく、手を引かれながら部屋を目指す。

蒼司の指先から伝わる熱が身体を溶かしてしまいそうだ。

自分が雪だったら彼の手に乗った瞬間、すぐに溶けてしまっていただろう。彼の滾《たぎ》るような熱が菜那の心も身体も更に熱くした。

SIDE　蒼司

カードキーで重厚感のある扉を勢いよく開け、菜那の身体を引き寄せる。寝室に行く時間も惜しく、菜那の背中を壁につけ、唇を押し当てた。

菜那の舌がいつも以上に熱く感じるのは気のせいだろうか。

菜那の足の間に蒼司は左足を入れ、強く抱きしめる。

「んぅっ……蒼司さ、んっ……」

艶《つや》やかな唇から自分の名前を呼ばれるだけで、ドクンッと喜びで胸が痛んだ。

この小さな唇を噛みしめさせてしまったこと、この小さな身体を震えさせてしまったことを悔やまずにはいられない。

もう誰にも触れられないよう、強くマーキングしておかなければ。

――菜那は俺の女だ。

唇を離し、菜那の腕にちゅっちゅっちゅっとキスを何度も落とす。

「あの男に触れられたところは全部俺が上書きするから」

キスをしながら菜那の瞳を見つめると、その小さな唇が控えめに開いた。

「して……全部蒼司さんでいっぱいにして」

「っ……！」

頭の中でブチンッと理性が切れる音がした。

「一生俺だけを求めて」

首筋に吸い付き、菜那の太ももに手を這わせる。ずっと撫でていたいくらいの柔らかな質感を堪能しながら奥へ奥へと手を進めた。

「あっ……やっ……」

ビクッと菜那は身体を震わせる。触れたショーツは既にしっとりと濡れていた。花弁の割れ目をショーツ越しに擦り上げると菜那は身体を捩《よじ》らせる。

もっともっと、心も身体も俺でいっぱいにしたい――

蒼司はドレスの裾を持ち上げた。

「これ、持って」

「え……」

戸惑う菜那にドレスの裾を押し付ける。そのまま膝をつき、菜那の足の間に顔を埋めた。

「こんなにぐっしょり濡らして、嬉しいな……」

「それはっ……」

くらりと眩暈《めまい》を起こしそうなほどの淫靡《いんび》な女の匂いを嗅ぎながら、ショーツをグイッと引き下げて花弁を舐め上げた。

「っ……蒼司さん、っぁあんっ！」

ビクッと身体を跳ねさせた菜那は背を壁に押し付けて、なんとか自分でバランスを取っているようだ。いつもなら「恥ずかしい」と言う菜那がすべてを蒼司に託したかのように、足を開いて秘部を舐めやすいようにしてくれている。

蒼司は柔らかな太ももを鷲掴みにし、蜜が滴る花弁を舐め上げた。

「はぁんっ……蒼司、さん……気持ちいいっ……」

ドレスの裾を握りしめた菜那がビクビクと腰を痙攣《けいれん》させる。茂みに隠された秘蕾を舌先で上下に舐め上げ、吸い上げた。ぷっくりと膨れていて艶《つや》やかだ。

「あっ、あんっ……ダメっ……」

甘い嬌声に、感じてくれているのがよくわかる。菜那は性格も素直だが身体も素直だ。背を反らしながらも決して足を閉じることはない。むしろ少しずつ開きつつある。

快楽を求めて無意識の行動なのかもしれないが、その動作は蒼司を滾《たぎ》らせるばかり。蒼司は自分が肉食動物になったかのように、貪欲に彼女を求めてしまっていた。

もっと、もっと俺で気持ちよくなって。一生俺から離れられないようにしてあげる。

反り勃つ剛直の先端がじわじわと下着を濡らしていく。愛する人の淫らな姿を見ていたら正気でいられるはずがない。

「あっ……なんか、キちゃうッ……いいっ、気持ちいいですっ……！」

吸い上げているプリプリとした蕾が硬く、大きくなってくる。

「んぁあ〜……！」

ビクビクっと身体を痙攣《けいれん》させていた菜那が一瞬身体を硬直させ、蒼司の身体にもたれかかった。

そのまま蒼司は器用にドレスのチャックを降ろし、肩をするりと抜いて足元へ落とす。

「あっ……やっ……蒼司、さん……」

一度達した菜那は潤んだ瞳で蒼司を見下ろす。その蕩けた表情が男の欲情を更にかき立てる。スーツを突き破る勢いで立ち上がった肉棒が痛いくらいだ。

蒼司は立ち上がり、ひょいと菜那を横抱きにした。

「ひゃっ……」

勢いよく寝室に入り、ベッドに菜那を降ろした。

「そう、しさん……」

艶《つや》やかな唇が自分の名前を愛おしそうに呼ぶ。その声だけで、ビクンッと熱棒が飛び跳ねた。

「ごめん、今日は無理だ」

「え……？」

菜那の下着を剥ぎ取り、素早く衣類を脱ぎ捨てながら四肢を跨《また》いで覆いかぶさる。スーツのベルトを外しておもむろに張り詰めた怒張を取り出した。

「今日は加減とかできないんで、記憶飛ぶまで抱くよ」

「えっ……」

己の欲情した汁で艶《つや》やかに光る鈴口に避妊具を着け、菜那の柔らかな太ももを掴むと足を上に上げて秘部を開く。そのまま勢いよく、滴る愛液を纏《まと》い張り詰めた熱棒を奥まで一気に突き挿した。

「あぁあっ……！」

「くっ……」

甲高い菜那の嬌声と、蒼司の低く快楽を耐える声が交じり合う。

女性らしい、しなやかな腰のくびれを両手で掴み、更に最奥へと突き上げた。

「はぁんっ、はっ、あっ」

菜那の中は熱く、愛液がトロトロで雄笠を呑み込むように締め付けてくる。

……やばいな。少し動かしただけでイキそうになる。

ブルッと一瞬、蒼司は快楽で身震いをした。

小柄な菜那が自分の腕の中にすっぽりとおさまっている。新雪のように白い肌も火照っているせいか少し紅色を纏《まと》い始めた。

「あぁっ、蒼司さん……奥っ、すご……い……」

小さな口から漏れる甘い喘《あえ》ぎ声が耳に流れ込むたびに心臓がキュンッと痛む。

あぁ、これだからダメなんだ。

菜那は無自覚で男の性を煽《あお》ってくる。

「くっ……」

菜那は蒼司のことをヒーローだと言うが、自分にとっては菜那がヒーローだった。優しくて他人を思いやれる人。真面目で周りをよく見ていて気が付く人。

会う回数を重ねるたびに好きだという気持ちが大きく膨れ上がっていた。

一目惚れをしたのも自分から。強引に知り合うきっかけを作ったのも自分から。菜那のことが好きで好きで堪らない。

「もっと、俺で気持ちよくなって」

腰を何度も何度も打ち付けた。身体をピッタリと菜那にくっつけ、首筋に吸い付く。反対側の首筋にも吸い付き、鎖骨にも吸い付く。

身体を離して菜那を見下ろすと、白い肌に赤い印がたくさん施されていた。

その姿があまりにも綺麗で見惚れてしまうほど。

――菜那は絶対に誰にも渡さないし、絶対に手放さない。

自分のもとから離れていってしまうんじゃないかとか、そういう不安があるわけじゃない。

過去は変えられないとわかっているのに過去の男に嫉妬するなんて、器の小さい男なのもわかっている。

でも、そのくらい菜那は初めて愛した人だから――

「っ……菜那っ……」

「はぁんっ……蒼司、さんっ……」

打ち付ける振動で揺れる乳房を鷲掴みにする。この白くて柔らかな身体も一生俺だけのもの。

性器と性器がぶつかり合い、びしゃびしゃに濡れた蜜口から愛液が溢れ出てくる。潤んだ瞳で菜那は蒼司を見上げて腕を伸ばしてきた。

「蒼司さんっ……好きっ……すきっ……」

「っ……！」

心臓を掴まれたかと思った。可愛さの破壊力に息をするのも忘れてしまう。

ドクンッと込み上げてくる快楽の波を奥歯を噛みしめて耐える。

吸い寄せられるように菜那の唇に喰らい付き、舌を絡ませた。肉厚で柔らかな舌を吸い上げながら、愛の言葉を何度も繰り返す。

「好きだ」

ちゅっと音を立てながら顔を逆向きに倒し、唇を押し当てる。

「好きだ」

息を吸う、ほんの一秒。

「愛してる」

「私っ、もっ……愛してるっ……」

息を乱した菜那が、蒼司の背中に力いっぱい抱きついてくる。菜那が達しそうなことが肌でわかり、蒼司は抽送のスピードを速めた。

パンパンと濡れた肌と肌がぶつかり合い、菜那の柔らかな肌が波打つ。

「はぁんっ、蒼司さんっ、ダメぇっ……！」

「あぁ、俺もっ……」

「んあぁっ、っ〜〜〜！」

ビクビクっと身体を震わせ、菜那の手足が硬直する。ぎゅうっと蜜壁が剛直を締め上げ、蒼司の身体にも電撃のような快楽が走った。

膜越しにドクドクと吐精し、ゆっくりと身体の力を抜く。

蒼司の身体の下で胸を大きく動かして息を乱す菜那の瞳は、強い快楽のせいか潤んでいた。

「菜那さん、大丈夫ですか？」

「は、い……大丈夫です」

「そっか。じゃあ、ごめん。まだまだ終わらないから」

一度達したはずの蒼司の肉棒がまたすぐに元気を取り戻していた。

そりゃ、菜那さんのこんな乱れた姿を見たら一度で終わるはずないだろ……

反りたつ熱棒を目にして驚いている菜那の足をグイッと開く。

「腰が砕けるまで、抱かせて」

「あぁっ、蒼司さんっ……！」

何度菜那のことを愛したかわからない。自分の精が絞れるまで、何度も何度も菜那を抱いた。

第六章　私の夫です

火にかけたヤカンの水がゴポゴポと音を立てて熱湯に変わったことを告げる。火を止め、茶葉の入った急須にゆっくりとお湯を注いだ。

もう夜中の一時だというのに、蒼司の自室からは明かりが漏れている。

四月に行われたホテルのオープニングパーティーから二ヶ月が経ち、季節は六月になっていた。

最近の蒼司は忙しそうでリモートでの打ち合わせも多く、自室に籠っていることが多い。

「蒼司さん、大変そうだな……」

自分にできることと言えば家事をこなし、こうして夜食を作ることとくらい。なかなかやりたい仕事を見つけられず、ただ時間だけが流れていた。

蒼司は「焦らなくて大丈夫。後悔しないようにゆっくり考えるといいよ」と優しい言葉を何度も掛けてくれる。

「でも、やっぱり蒼司さんに甘えすぎだから、早く働かないと」

やりたいことを見つけるとか、悠長なことは言っていられない気がする。

出会った時から蒼司に助けてもらうばかり。自分はなにを彼に与えられているだろうか。

湯呑に注いだお茶をトレイにのせて持ち、菜那は蒼司の部屋の扉をトントンとノックする。

「はい」

扉越しに蒼司の疲れた声が聞こえた。

「失礼します。お茶を持ってきたのでいったん休憩したらどうですか？　蒼司さんの好きなカステラも持ってきました」

そっとデスクの端に置くと蒼司はかけていたシルバーフレームの眼鏡を外し、ぐっと背筋を伸ばした。

「ありがとうございます。ちょうど疲れたなぁって思っていたんです。でも、菜那さんこそ遅い時間まで……俺に気を遣わないで寝てください」

「いいんです。私もなんだか寝付けなくて、一緒に一休みしましょう」

蒼司は「ありがとう」と言いながら優しく微笑み、菜那の長い髪を撫でた。

「髪が、出会ったころよりも少し伸びましたね」

「……長い髪はお嫌いですか？」

「まさか、とても綺麗ですよ。艶々でずっと触っていたいくらいです」

蒼司は菜那の髪をくるりと指に絡めて、唇を触れさせた。

「このまま、食べちゃいたいな」

「え……？」

ドキッと心臓が飛び跳ねた。

「あの、蒼司、さん……？」

「ははっ、お茶が冷めないうちにカステラ食べようかな」

「あっ、カステラ、そうですよね！　カステラ！　食べてください！」

二人で蒼司の部屋にあるソファーに座った。菜那の隣に座った蒼司はお茶を飲みながら時折ぼーっとしている。

やっぱりそうとう疲れてるんだな……私がなにか力になれればいいんだけど、建築のことはさっぱりだし……でも話を聞くくらいなら……

菜那は前を向いていた身体を蒼司のほうに傾けた。

「蒼司さん、最近凄く忙しそうですけど今はなんの設計をしてるんですか？　また大きなホテルとかですか？」

「ん、今ですか？　今は一軒家の設計です。この前完成したホテルの社長の息子夫婦が家を建てたいとのことで俺に依頼してくれたんです。でも案外難しくて……ほら、俺って家事が苦手だから家事のしやすい家っていう注文に頭を抱えちゃってて」

「え……」

一瞬、時が止まったかのように菜那は息を呑んだ。

ハハハ、と笑いながら前髪をかきあげる蒼司を見ながら、菜那はこれ以上ないものを感じた。

――もしかしたら自分もなにか力になれるんじゃないか、と。

「蒼司さんっ！」

菜那は身体を前のめりに突き出し、蒼司の太ももに両手をついた。

「菜那、さん……？」

キョトンとした瞳で蒼司は菜那を見る。菜那はそのままの勢いで蒼司と距離を詰めた。

「今なら、私、蒼司さんの役に立てるかもしれません！　私の得意分野は家事ですよ？　それはもうたくさんのお宅を訪問してきましたから、このお家はキッチンがいいなとか、逆に洗面所が工夫されているけどキッチンと繋がってたらもっと動きやすいな～とか！　なんでも、なんでも聞いてください！」

次から次へと嵐のように言葉が飛び出し、言い切った後にはハァハァと息が切れていた。

「あっ……ご、ごめんなさい！　つい、蒼司さんの力になれると思ったらなんかこう、止まらなくて」

視線を足元に落とし、すすすと肩を縮こまらせてソファーに座りなおした。

……やってしまった。蒼司さん絶対引いてるよね……

チラッと蒼司を見ると目が合った。

……あれ？

蒼司の瞳は大きく見開き、キラキラと少年のように輝いて見える。蒼司は満面の笑みを菜那に向けた。

「そうですよね。うん、そうですよ！　こんな近くに家事のスペシャリストがいるんですもんね。菜那さんにアドバイス、もらってもいいですか？」

「もっ、もちろんです！　なんでも聞いてください！」

不安で曇っていた表情がぱぁぁっと晴れる。

「頼もしいな。じゃあ、ちょっとこれ見てもらってもいいですか？」

蒼司が菜那の手を引き、デスク上にあるパソコンの画面を二人で覗く。蒼司が設計している家の間取り図を見ると、ああしたい、こうしたいという意欲がむくむくと湧き上がってきた。

「この洗面所には棚があれば便利だと思います。あとこのキッチンは幅が広くて開放感はあるんですけど、一般家庭ならもう少し収納スペースがあったほうが使いやすそうだなと思います。奥様が料理好きな方だったら、なおさらキッチン用品をしまう場所はたくさんあっても困りませんから」

ペラペラ話す菜那の横で蒼司は「うんうん」「なるほど」「いいですね」と相槌を打っている。

――私、やりたいこと見つけたかもしれない。

唯一の得意分野である家事を生かしてできること、家事を生かして蒼司の力になれること、まだ具体的には思いつかないけれどなんだか胸がワクワクしてくる。

「蒼司さん、どうでしたか⁉」

「凄く助かりました。やっぱり人の意見はとても参考になりますね。菜那さんのおかげでいい方向に考えがまとまりそうです。またアドバイスをもらってもいいですか？」

「もちろんです！　いつでも聞いてくださいっ！」

今まで家事代行の仕事をしてきて、お客様の笑顔を見ることができた瞬間と気持ちが似ていた。達成感というのか幸福感というのか、とにかく嬉しさで胸がいっぱいになる。

満面の笑みを蒼司に向けた菜那は、部屋の壁面の本棚に目を移した。

建築関係の本がずらりと並ぶ中、「初めての建築」という本を見つけて吸い寄せられるように手に取った。

「……あの、これ借りてもいいですか？　蒼司さんのお仕事をもっと知りたいなぁって」

本棚の前に立つ菜那の隣に蒼司がそっと並んだ。優しい眼差しで菜那を見下ろす。

「菜那さんが建築に興味を持ってくれて嬉しいです。これは俺が初めて買った本なんですよ。ここにある本はどれでも好きな時に読んでください」

「初めて買った本……大事なものだと思うんですけど、今夜はこれをお借りしてもいいですか？」

「もちろんです」

「ありがとうございます。お仕事の邪魔になると思うので、先に寝室へ行ってますね」

蒼司の本を胸に抱え、ぺこりと頭を下げるとふわりと髪を撫でられる。

「おやすみなさい。夜食もありがとうございました」

「いえ、蒼司さんも無理しないように、おやすみなさい」

菜那は飲み終えた湯呑や皿をトレイにのせ、本を脇に挟んで部屋を出た。

本をダイニングテーブルの上にのせ、シンクに皿を置く。

「早く読みたいな」

皿を洗いながら、口元が緩んだ。こんな気持ちは初めてかもしれない。

ワクワクと高揚した気分のまま、家事を終わらせてベッドに入った。蒼司に借りた本を開き、ますます気持ちが昂る。寝ることを忘れてしまうくらい、一冊の本を没頭して読んだ。

＊＊＊

六月はもう朝日が昇るのが早い。朝の六時でも部屋の中を照らすには十分な明るさで、遮光カーテンの隙間から朝日がほんわかと差し込んでくる。

喉の渇きで目が覚めた菜那の隣には、いつの間にか蒼司が寝ていた。

蒼司さん、何時に寝たんだろう……？

昨夜は菜那も本を読むのに夢中で、最後に時計を見た時は夜中の三時を回っていた。

蒼司が起きないようそっとベッドを抜け出し、光が漏れないようにカーテンをしっかりと閉める。そのまま足音を立てないようひっそりと寝室を出てリビングへ向かった。

目も覚めちゃったし、少し手の込んだ朝ご飯でも作ろうかな。モンティクリストと冷製ポタージュにしよう！

一緒に住み始めたころ、蒼司に言われた一言がある。

『頑張りすぎなくていい、手抜きでいい』

その言葉は菜那にとって魔法の言葉とも言えるくらい、自分を救ってくれた大切なものだ。

蒼司の前では頑張りすぎない、ありのままの自分をさらけ出せていた。だから朝ご飯はお茶漬けの時もあるし、晩ご飯は蒼司に甘えて二人で外食をすることもある。

蒼司は、「俺が家事が苦手だから本当に助かります」と毎日のように感謝の言葉をくれる。仕事を毎日頑張っている蒼司を支えたいと思うのは自然な気持ちで、今の自分にできることと言ったら家を綺麗に保ち、美味しい料理を作って元気いっぱいになってもらうことぐらいだ。

ささっと洗面所で身だしなみを整えた菜那はエプロンを着け、キッチンに立った。

「よし、作りますか」

冷蔵庫の中からジャガイモと玉ねぎを取り出し、ポタージュの準備に取り掛かる。少し多めに作って自分のお昼の分も確保した。

「次はモンティクリストっと」

名前は随分お洒落で難しそうな料理に聞こえるが、簡単に言えばフレンチトーストの間にハムとチーズを挟み、カリカリに焼いたものだ。蒼司の起きてくる七時を目安に焼き上げる前の工程まで仕上げた。

その間に洗濯機を回し、家具に軽くハンディモップをかけているとあっという間に時間が過ぎていく。

「そろそろ起きてくるかな～」

フライパンを火をかけ、じっくりと焼いていると香ばしい匂いがリビングに漂い始める。その匂いにつられるかのようにふらふらと蒼司が起きてきた。

「菜那さん、おはようございます。凄くいい匂いがしますね」

「ちょっと豪華な朝ご飯にしました」

「美味しそうです。急いで顔を洗ってきますね」

寝起きでふわついていたはずの蒼司がシャキンと背筋を伸ばし、洗面所に急ぎ足で消えていった。

「ふふっ、蒼司さんって意外と食いしん坊なんだよね」

料理をダイニングテーブルに並べた。

戻ってきた蒼司と向かい合わせにダイニングテーブルの椅子に座る。

「「いただきます」」

二人の声が綺麗に揃う。

モンティクリストを食べながら「美味しい」と頬を緩ませる蒼司の表情が嬉しい。菜那もつられて笑みをこぼした。

ほのぼのと、幸せな朝を噛みしめる。

食べ終えた食器を片付けた後、菜那は綺麗な青空を眺めていた。

「初めて蒼司さんの家に来た時は曇り空で景色が悪かったっけ……」

ふと、初めて蒼司の家に訪れた時のことを思い出した。

あの時はなにもかもに絶望してたけど、蒼司さんに出会えて本当によかった。

今日は空一面、快晴だ。

「菜那さん」

後ろから名前を呼ばれて振り返ると支度を終えた蒼司が立っていた。

「蒼司さん」

家の中でのラフな姿もカッコいいが、スーツでビシッと決まっている蒼司も大人の色気が溢れている。艶《つや》やかな黒髪から覗く切れ長の瞳はいつも優しく菜那を捉えている。

「じゃあ今日はホテルで打ち合わせをしてその後に税理士さんに会うので、帰りは夕方になると思います」

「わかりました。頑張ってくださいね」

「ありがとう。じゃあいってきます」

ちゅっと音を立てて唇が触れるだけのキスを交わし、蒼司はリビングを出ていった。

「よし、私も今日は調べものだ！　まずは建築関係にどんな仕事があるのか調べてみようかな」

昨夜、蒼司の部屋で話した時の高揚感がまだ残っている。

なにかやりたいことを見つけられるかもしれないという希望に胸を膨らませていた。

自室に戻り、身支度を整えてリビングに戻ってくると、菜那の視界にダイニングテーブルに置かれた茶色の封筒が入る。

「あれ？　これってもしかして……」

記憶を戻す。

「あれ……」

蒼司が朝の支度をしている時に手に持っていたものだ。バッと手に取り、中身を確認する。

「これって税理士さんに渡す資料なんじゃ⁉　蒼司さんってば忘れてるっ！」

慌てて蒼司に電話をかける。気が付かないのか電話が繋がらない。

「どうしよう。届けたら迷惑かな……」

数秒封筒を眺める。そのまま大きめの鞄に入れて慌てて家を飛び出した。

急げば間に合うかも……！

今日打ち合わせをすると言っていたホテルは、以前に菜那も招待してもらった場所だ。

電車を乗り継いで、目的地へと向かう。

「あ……」

ホテルのエントランスに着いたところで、中に入ることを躊躇してしまう。菜那の格好があまりにも普通だったからだ。サラッと着こなせるスウェット素材のワンピースにスニーカーと、かなりラフな姿だったことをホテルを目の前にして思い出した。

「でも、いたしかたない……」

高級ホテルに入るには少しマナーがないような気もするが、緊急事態だ。菜那はそのままエントランスを通り、フロントへと向かった。

スタッフに事情を説明する。

「あの、本日このホテルで打ち合わせをしている宇賀谷の妻です。夫に届け物があるのですが――」

緊張しながら話していると後ろから声を掛けられた。

「あら、もしかして蒼司くんの奥さん？」

え？

振り返ると、ホテルのパーティーで会った愛羅がスーツ姿で立っていた。身長が高い愛羅にはパンツスタイルがよく似合っている。綺麗に巻かれた髪にきりっとした瞳。やはり菜那とは全く正反対の雰囲気だ。

「町田さん、お久しぶりです」

菜那はペコリと頭を下げた。カツカツとヒールの鋭い音を鳴らしながら愛羅が近づいてくる。

「蒼司くんに用だったら私が案内するわよ。私も今日一緒に仕事で、今から向かうところだから」

……あ、町田さんと一緒の仕事だったんだ。

胸にもやっとしたものが広がる。それを晴らすように菜那はニッコリと笑みを見せた。

「はい。お願いします！」

菜那は愛羅の一歩後ろをついて歩いた。

すらっとして本当にスタイルがよくて綺麗な人だな……アメリカの不動産会社で働いてるインテリアコーディネーターだなんて凄すぎる。

自分にはないものを持っている愛羅がもの凄く大きく見えた。

「ねぇ、ちょっとお手洗いに寄ってもいいかしら？」

愛羅がトイレの前で立ち止まった。

「はい、もちろんです」

菜那も一緒にトイレの中に入ると、思わず歓喜の声が漏れる。

「わぁ、素敵ですね」

パーティーの時はバンケットホールに近いトイレにしか入らなかったので、内装に驚かされた。トイレの中もぬかりなくヨーロピアンテイストのインテリアで、温かいオレンジ色の照明が心を落ち着かせてくれる。たくさんある個室も一つ一つが広く、個室の中にメイク直し用の鏡と手洗い場が付いていた。

これも蒼司さんが考えたんだ……凄いなぁ。

高級ホテルならではのこだわりと特別感をしっかりと感じる。

すると「ねぇ」と愛羅に呼び止められた。

「はい？」

声のほうへ振り向くと、愛羅がスラリとした足をクロスにし、菜那を見下ろすように立っていた。

「あなた、どんないやらしい手を使って蒼司くんのことを騙してるの？」

――え？

愛羅はギロリと菜那を睨みつけている。

「あの、騙してるってなんのこと、ですか？」

「キョトンとした顔でとぼけちゃって。なに？　このでかい胸で蒼司くんに迫ったんでしょう？それとも自分は不幸なんですって泣き落としたの？」

愛羅の手が伸びてきたと思った瞬間には、もう菜那の胸を力強く鷲掴みにしていた。

「っいた……！」

服ごしに胸に指が食い込み、綺麗なネイルが突き刺さり菜那は顔を歪めた。

菜那は慌てて愛羅の手をパチンと叩き落とす。

「なっ、なにするんですか！」

菜那は愛羅をキッと睨み、掴まれた胸を両手でかばう。

「あなたこそなんなのよ。私がいない間になんの取り柄もない小娘と結婚しちゃって……本当だったら蒼司くんは私と結婚するはずだったのに！」

愛羅はヒステリックに高音で怒鳴った。

「そんなっ……」

「私と蒼司くんは子供のころはずっと一緒だったの。高校生のころ、私がアメリカに引っ越さなければずっと一緒にいられたのに。離れていても建築家を目指してる蒼司くんの力になれるようにたくさん勉強して、人脈を作って、時間はかかったけど、ようやく蒼司くんの力になれるくらいの立場になって日本に戻ってきたのに……こんな平凡な女に奪われて」

なにも、知らなかった。

唇をぎゅっと結んで、菜那は視線を床に落とした。

取り柄のない小娘と言われて反論の余地もない。図星だからか、なんの言葉も出てこなかった。

「蒼司くんが世界でも活躍できる建築家なのはわかってるわよね？　私だったら蒼司くんの手がけた建築物をもっと有名にすることだってできるわ。彼は世界で有名になれる。けどあなたは？　彼のためになにができるの？」

「私は……」

彼のためになにができる？

「ほらね、すぐに答えられない程度なのよ」

じりじりと愛羅が近づいてくる。怖くて距離を保とうと菜那も少しずつ後ろに下がると、背が壁にぶつかった。

「っ……！」

ガツンと鋭い音とともに愛羅の長い脚が壁に当てられ、逃がさないとでも言うように菜那の体を囲む。

「そんな女、蒼司くんの側にいらないわ。自ら去ることを考えなさい」

頭上から見下され、怖さのあまり震えそうになりながらも菜那は愛羅から目を逸らさなかった。

「私はっ……」

蒼司のことを好きっていう気持ちしかない。

彼の隣にいてなんの役に立てる？

ずっと悩んでいた。自分になにができるのか、なにをしたいのか、どうしたら蒼司の力になれるのか。

わからない、でも――蒼司のことは誰にも渡したくない。

菜那は今までしたことのないような鋭い目つきで愛羅を睨みつけた。

「なにその目、不快なんだけど？　あなた家事代行で働いてたんだって？　家事しかできないような女、家政婦と同じじゃない」

長い脚を降ろした愛羅が腕を組み、馬鹿にするように鼻で笑った。

その瞬間、菜那の中でなにかがプチッと切れた。

「なに言ってるの……？」

湧き上がる怒りに菜那は拳を握りしめる。

「家事だって立派な仕事です！　忙しい人に代わって家事をする家政婦さんを馬鹿にするのも最低だし、家事をしている人達に対して失礼だと思わないんですか!?　あなただって家事なしでは生きていけませんよね？　仕事だってもちろん立派なことです。でも家事だって立派な仕事ですから！馬鹿にするのはやめてください！」

「なっ……」

愛羅は顔を真っ赤にして奥歯を食いしばっている。

菜那の怒りは収まらず、言葉が止まらない。

「それに！　蒼司さんのことはなにがあっても譲りません！　私は彼を愛してる！　私から離れるなんてありえませんから！」

感情がごちゃ混ぜで涙が溢れそうになるのを必死で耐える。

あ……

家事だって立派な仕事なはずなのに、どうしてその仕事から自分は逃げてしまったのだろうか。

つらいことがたくさんあった。お客様に泥棒扱いされ、彼氏には浮気をされ捨てられて、母の入院に会社の倒産とキャパオーバーだった。だからあの時は「違う仕事」を言い訳に、自分の身に起こったことから目を逸らしたかっただけなのかもしれない。

だからやりたい仕事がなかなか見つからなかったんだ。

愛羅とのやり取りで気が付くなんて思ってもいなかった。

大切なこと、やりたいこと、なんだかこのタイミングですべてが繋がった気がする。

「なんなのよ……」

愛羅は小さく呟き、キッと涙を溜めた瞳で睨むが菜那は微々たりとも視線をずらさない。

「うるさい！　蒼司くんを返してよ！」

初めて見た時から綺麗な人だと思っていた。そんな愛羅がまるで子供に戻ったように、泣き叫ぶ声で気持ちを訴えてくる。

　相手にとって残酷かもしれないが菜那は何度だって言葉にした。

「それは無理です。私は蒼司さんから離れる気は全くありません。彼の役に立てていないかもしれないけど、私は彼が好き。愛してるんです」

「私だって蒼司くんが好きなだけなのに！　私のほうが絶対に蒼司くんのことを知ってるのに！」

「それはそうかもしれません……でも……」

　今なら自信を持って言える。

「でも、蒼司さんは私を選んでくれたんです！　蒼司さんは私の夫です！」

　蒼司のことが好きだと、強い意志を込めて愛羅を見続けた。

　唇を強く噛みしめている愛羅は涙を溜めて、目を充血させている。

　二人の間に沈黙が走った時、宿泊客が入ってきた。

　菜那は顔を伏せて、愛羅に一礼する。

「では、失礼します」

「ちょっ、待ちなさいよ……！」

　そのまま人と顔を合わせないようにトイレを出た。足を進めるスピードがどんどん速くなる。菜那を追うようにカツカツカツとヒールの音も近づいてきているのがわかった。

「菜那さん？」

　突然大好きな声が聞こえ、ピタリと菜那の足が止まる。

廊下に面した一つの扉が開き、蒼司が立っていた。

「蒼司、さん……」

時が止まったようだった。この状況をなんて説明したらいいのだろうか。頭が働かない。

菜那の表情を見た蒼司は腕を掴むと、菜那を部屋に引き込む。

「……誰もいないから入って」

コクンと頷いた。

「蒼司くんっ……！」

部屋に入ろうとする菜那の横をすっと華やかな香りがよぎった。

「愛羅？　どうしてここに？」

蒼司の言葉にふと疑問が浮かんだ。

一緒の仕事じゃなかったの？

パタンと扉が閉まり、部屋には三人だけ。

「あの、蒼司さ――」

「蒼司くんっ！」

愛羅は菜那の声をかき消し、涙を流しながら蒼司の腕に絡みつく。

「聞いてよ、酷いのよ。彼女、私のことを邪魔だから消えろとか、蒼司くんのことも結婚するのにちょうどよかったとか、酷いことを言ってたのよ！」

「おい、愛羅……」

今までの自分ならこの光景を見て、ただただ立ち尽くして涙を流していただけかもしれない。

でも、絶対に手放したくないものがある今、ここで呑み込まれるわけにはいかないのだ。

菜那は勢いよく、力強い一歩を踏み出した。蒼司に絡む愛羅の腕を自ら剥ぎ取り、蒼司の腕を引き寄せる。

「菜那さっ……」

そのままつま先を立てて背伸びをし、見せつけるように蒼司の唇にキスをした。

――私からは絶対に離れない。

「なっ……！」

愛羅の短い悲鳴が聞こえた。唇を離し、菜那はまっすぐに蒼司を見つめる。

「私がそんなこと言うと思いますか？」

力強く抱きしめられ、腰が蒼司の腕に包み込まれた。

「思うわけないだろう！」

「そうです。私は絶対に蒼司さんを裏切らない」

菜那もぎゅっと蒼司を抱きしめ返す。

「菜那さん……」

蒼司がギロリと愛羅を睨みつけた。

「愛羅、これはどういうことだ？」

「蒼司くんっ……」

びくっと怯える愛羅を前に、菜那は蒼司の腕からそっと離れた。

蒼司と目が合い、菜那は「大丈夫ですから」と目で訴える。

「町田さん」

愛羅の前に立ち、凛とした瞳で見つめる。

「あなたの気持ちはよくわかりました。急に現れた私が邪魔者に感じたのだと思います。私は確かになんの取り柄もない女です。でも、何度も言うように蒼司さんだけは譲れないんです、ごめんなさい」

菜那はすっと身体を折り曲げ、愛羅に頭を下げた。

「……仕事があるからここで失礼するわね」

愛羅の声が静寂を破る。

「町田さん……」

私の気持ち、わかってくれたのかな……

ゆっくりと頭を上げると悔しそうに唇を噛んでいる愛羅と目が合う。

「……お幸せに」

「え……」

カツカツと靴音を小さく鳴らして愛羅が部屋を出ていった。

その背中を眺めているとすっと蒼司が菜那の隣に立つ。

「菜那さん、どういうことですか？」

蒼司は怪訝な表情を見せている。心配をかけないよう菜那は笑ってみせた。

「すみません、ちょっと町田さんと話し込んでしまったんです。また今夜詳しく話しますから」

「だけど」

「今はこれを。蒼司さん、テーブルの上に忘れていましたよ？」

蒼司の言葉を遮り、菜那は鞄の中から茶色の封筒を取り出した。

「わざわざ届けに来てくださったんですか？」

「はい。迷惑かなとも思ったんですけど、必要だと思ったので」

「ありがとう。助かりました。まだ帰れそうにないのですが、必ず早く帰りますから、今夜ゆっくり話しましょう」

菜那は小さく頷いた。

「はい。お仕事頑張ってください。じゃあ帰りますね」

「外まで送ります」

「ありがとうございます」

肩を並べて歩き、蒼司とホテルの外で別れる。

歩を進め、ふと振り返ると蒼司がまだ見送ってくれていた。小さく手を振り、また歩き始める。

夜までにちゃんと自分の気持ちをまとめて蒼司さんに話そう。町田さんとの言い合いで気付けたことがあったから。

その足取りは愛羅との修羅場があったと思えないほど、弾むように軽かった。

＊＊＊

寝室のシーリングライトをほんの少し暗くして、ベッドの上に座った。

緊張するな……

ちゃんと自分の気持ちを伝えられるだろうか。緊張から手に汗をかき、着ていたショートパンツのパジャマでゴシゴシ拭いた。

でも、私なりにちゃんと考えたから、蒼司さんに聞いてほしい。

蒼司の帰宅後、落ち着いた状況で話したくて寝る前のこの時間をもらった。

夕食中は少し気まずい時間を過ごし、蒼司に申し訳ないと思いつつも、しっかりと自分の気持ちを伝えたかったから。

カチャリと寝室のドアが開き、お風呂上がりで濡れた髪をかきあげながら蒼司が入ってきた。艶《つや》やかな黒髪の下からクールな瞳が菜那を捉える。

「菜那さん、お待たせしました」

ドキッと心臓が高鳴った。

「い、いえっ、私のほうこそ我儘を言ってしまってすみません」

ギシリとベッドが軋《きし》み、菜那の隣に蒼司が座った。

「全く我儘なんかじゃありませんよ。ではさっそく菜那さんのお話を聞いてもいいですか？　今日の昼間のこととか」

「はい。実はあの時は――」

菜那は昼間の出来事を一つずつ蒼司に伝えた。すべてを聞き終えた蒼司が小さくため息を漏らす。

「……すみませんでした。俺がもっと早くに愛羅の気持ちに気が付いていれば、こんなことにはならなかったのに」

蒼司は額に手を当ててうなだれた。その手を菜那がそっと包み込む。

「菜那さん……？」

「蒼司さんって意外と鈍感なんですね。でも、蒼司さんのせいじゃありません。これは女と女の戦いだったんです。それに、町田さんのおかげで私、気が付いたことがあるんです。聞いてもらえますか？」

「もちろんです」

蒼司が優しく微笑んだ。菜那の大好きな笑顔だ。

蒼司の手を離し、自分の膝の上に両手を揃えた。まっすぐに蒼司の瞳を見つめて、口を開く。

「私やっぱり家事が好きなんだなって実感したんです。今までは家事しかできない、なんの取り柄もない空っぽの人間だって自分のことを思っていたんです。でも、それは違ったんだなって……やっぱり家事があるからこそ、人の生活は成り立ってるのであって、大事なことなんだなって。私、ずっとなんの仕事をするか迷ってたんですがようやく答えが出たんです」

蒼司は相槌を打ちながら真剣に聞いてくれている。

「私、もう一度家事を仕事にしたいんです。得意分野の家事を生かせるのはやっぱり家事代行しかないかなぁとも思ったんですが、もう一つワクワクする仕事を見つけたんです」

「うん、俺は菜那さんのやりたいことに賛同するよ」

菜那はぱぁっと笑みを見せて、少し前のめりに蒼司に近づいた。

「私、蒼司さんみたいに家を設計したいんです！」

「え……？」

きょとんとした蒼司の顔を目にしても、菜那の興奮は収まらない。

「この前、蒼司さんに家事のしやすい家についてアドバイスをした時、すっごく楽しくてワクワクしたんです。私の家事の知識がこんな場面で役に立つとは思ってもいなかったので……。だから、これから家を建てる人達の役に立てたらなって、家事のしやすい家を提案できたらその家に住む人達の負担を軽くできると思ったんです！」

言い切った後に菜那はハァハァと少し息を切らしていた。

こんなに気分が高揚し、先のことを考えるだけでウキウキする気持ちを、大人になった今味わえるとは思ってもいなかった。

蒼司が菜那の手をぎゅっと握った。蒼司の瞳が菜那の作った料理を目にした時のようにキラキラと輝き始める。

「いいですね！　とてもいいと思います。俺は全力で菜那さんを応援しますよ」

「ありがとうございます！　私、全力で頑張ります！」

なにかに挑戦することがこんなにも楽しいなんて知らなかった。

「私、蒼司さんに出会って人生がガラッと変わりました。それもとてもいい方向に。やっぱり蒼司さんは私のヒーローです！」

ぐいっと腕を引かれ、蒼司に強く抱きしめられる。

「俺にとっても菜那さんはヒーローですから。本当に出会った時より強くなりましたね。でもこれからも菜那さんのことは俺に守らせて」

「蒼司さん……」

体中に熱い血が巡る感覚がする。菜那も蒼司の背中に手を回し、力強く抱きしめ返した。

この腕の温もりが大好きだ。

菜那の傷を埋め、新しい目標へと導いてくれた。感謝の気持ちでいっぱいだ。

蒼司との出会いは突然で、嵐のような展開の速さだったけれど、好きという気持ちに時間なんて関係ない。

菜那は『愛してる』という一言で表せないくらいの気持ちを唇にのせ、引き合うようにキスをした。

「ん、ふ……」

キスの合間に漏れる甘い声。何度も何度も紡ぎなおし、抱きしめる腕にも力が入る。

もっともっと触れたい。蒼司と強く繋がりたい。

身体が疼《うず》き、巡っていた熱い血が沸騰し始める。漏れる吐息も熱くなり、菜那の体温は上昇するばかり。

好きで、好きで、もっと欲しくなる。欲張りになる。

菜那は自分から唇をゆっくりと離し、蒼司の両肩に手を添える。トンッと力を入れ、蒼司をベッドに押し倒した。

「菜那、さん……？」

切れ長の目が少し大きく開いた。

「今日は私に蒼司さんを気持ちよくさせてください……」

「え……ちょっ……」

戸惑う蒼司をよそに、菜那は蒼司のパジャマのズボンと一緒に下着を引き下ろした。

ぶるんっと勢いよく出た雄笠に思わず息を呑む。

わ……キスだけでこんなに大きくしてくれたの……？

自分に反応してくれていることが嬉しくて、艶《つや》やかな鈴口をパクリと口の中に含んだ。

ツルツルとした亀頭を舌で舐めまわす。先端から流れ出る露が少ししょっぱいものの、もっと舐めたくなった。

「っ……はっ……」

蒼司が漏らす色気のある声に聴覚を奪われる。彼の快楽を堪える声がもっと聞きたい。

菜那は太い芯をしっかりと右手で掴み、歯が当たらないように気を付けながら口を上下に動かした。

「っ……菜那さん、それヤバい……」

苦しそうな声に胸の高鳴りが止まらない。溢れる唾液が潤滑剤になってじゅぼじゅぼと卑猥な音を奏でる。垂れないように飲み込みながら、最後に鈴口を強く吸い上げた。

「どうですか？　気持ちいいですか？」

菜那は眉尻を下げて蒼司を足の間から見上げる。顔を真っ赤にして息を上げている蒼司と目が合った。

「気持ちいいもなにも、イキそうになってしまいましたよ」

「よかった……イッてもよかったのに……へっ!?」

くるっと身体が反転して、あっという間に蒼司が菜那の上に跨《また》がっている。熱い視線で見下ろされ、蒼司の手がそっと菜那の腹に触れた。

「イクなら菜那さんの中がいい」

蒼司の甘やかな声や、手の体温に子宮が痛いくらいに反応した。

――身体の奥底から彼を求めている。

蒼司は慣れた手つきで避妊具を取り出し、包装の端に手を掛けた。

「待って」

菜那は蒼司の手を掴み、動きを止めた。

「菜那さん？」

蒼司は菜那を不思議そうな瞳で見る。

あ……私……

無意識に蒼司の手を止めていた。

「今日から着けなくてもいいです……そのまま、ください……」

突拍子もない言葉が口から勝手に出てくる。蒼司は少し困ったように菜那を見つめた。

「ですが、今妊娠してしまったら菜那さんのやりたいことが……」

確かにそうだ。やっと見つかった自分のやりたいこと。妊娠してしまったら目標へ遠回りになってしまう。

でもなぜだろう、このタイミングじゃなくてもいいはずなのに、自分の本能が蒼司を求めていた。

蒼司がもっと欲しい、蒼司との家族が欲しい、幸せな未来を築きたい。

それに、今の自分ならなんでも乗り越えられる気がする。

菜那は両手を伸ばし、蒼司の頬を包み込んだ。

「なんででしょう。今がいいんです。今の私ならきっと大丈夫な気がして、蒼司さんと一緒ならなんでも乗り越えられるような気がするんです。それに……早く愛する人の子供が欲しい、です」

困惑していた蒼司の表情が一気に柔らかくなった。菜那の手に自分の手を重ね、優しく微笑む。

菜那の大好きな蒼司の笑顔だ。

「どんなことも二人で乗り越えていけると思います。だって俺達夫婦なんですから」

言葉にならない想いがこみ上げてきて、菜那は潤む瞳でニッコリと笑った。

「菜那」

「蒼司さんっ……んっ……」

交わした笑顔が合図かのように、荒々しく抱き合った。食べ合うようなキスを繰り返す。蜜口がどんどん潤みだし、彼を受け入れる準備を始めた。

「ふぁっ……！」

蒼司の指がくちゅっと音を立てて蜜壁の中へ入った。

「もうこんなに濡らして……俺のを咥《くわ》えながら興奮してくれてたのかな」

「んっ……そう、ですっ……蒼司さん、のが欲しくてっ……あぁんっ」

長くて綺麗な指が菜那の中をかきまわす。指が二本に増え、お腹への圧迫感が増した。

「はうっ……やぁっ、はっ」

「簡単に俺の指を二本呑み込んじゃいましたね……じゃあ……」

じゅぷっと愛液と一緒に指が抜かれ、急な喪失感を覚えた。

あぁ、欲しい。

そう思った瞬間、菜那の太ももを蒼司が掴み、大きく開いた。

「挿れるよ」

「あぁぁっ……！」

一気に押し込まれた熱棒が菜那の最奥を貫く。質量で埋め尽くされた蜜壺は収縮を繰り返し、雄笠を締め付けた。熱を直に感じ、ビクビクと脈打つ感覚さえわかる。

「はぁっ、蒼司さんっ……」

火傷しそうなほど熱棒を出し入れされて、身体がびくっと跳ね上がる。

「……っく、菜那さんの中、熱くていつもよりトロトロだ」

奥をぐりぐりと突きながら蒼司が上擦った声を出す。彼の感じてくれている声が身体に流れるたびにドクンッと心臓が反応し、潤む蜜壺がきつく締めあげていた。

「あぁっ……ダメっ……わた、もうっ……ぃあ……っ！」

蒼司の手が太ももを撫でながら上り、菜那の腰を掴んだ。身体が敏感になりすぎていて、ただ手で触れられているだけなのに、それさえも感じてしまう。

好きな人に大切に触れられて、強く求められて、抱かれて、心も身体も満たされる。

「……ごめん、俺のほうが先にイキそうだ」

蒼司は奥歯を噛みしめながら抽送を速めた。身体が大きく揺さぶられ、菜那の豊満な乳房が上下に揺れる。

「まってっ……ダメっ、そこッ、気持ちいいっ……！」

菜那のよいところを獰猛《どうもう》に反り勃った肉棒が突き上げ続けた。蜜壺は愛液でぐちゃぐちゃに泡立ち、身体も自分と蒼司の汗が交じり合いしっとりとしている。

「あぁっ、イク、イッちゃいますっ……んあぁっ！」

駆けてくる快楽に身を任せ、菜那は絶頂を迎えた。

「くっ……！」

蒼司の噛みしめた声。菜那の一番深いところに生温かい飛沫が注がれた。

自分の中でビクビクと脈打つ動きが伝わってくる。初めての感覚がとても不思議で、でも嬉しい。

菜那は無意識に自分のお腹に触れていた。その手の上に蒼司の手がそっと重なる。

「菜那さんとの家族、楽しみです」

「私も、です……今とてもやる気に満ち溢れていますから」

疲れ果てて力が尽きつつも、菜那はニッコリと笑った。

「やる気に満ち溢れてるか……じゃあ、もう一回抱いていい？」

クスッと意地悪に笑った蒼司を見て、菜那の顔が一気に赤く染まる。

「なっ……私そういう意味じゃっ……！」

「知ってる。ちょっと意地悪を言ってしまいました。でも、俺はまだまだいけますけどね」

ちゅっと額にキスが落ち、蕩けるような甘い声が菜那の耳元で囁《ささや》かれる。

「もうっ、蒼司さんってば……でも、もう一回なら、いいかも、です」

「……本当に菜那さんは俺を煽《あお》る天才ですよね」

「あっ……」

唇を食《は》まれ、菜那は蒼司の背中に手を回した。キスを繰り返し、そっと唇が離れる。

「愛してる」

菜那と蒼司の声が綺麗に重なった。二人で額を合わせながら笑みをこぼす。

「蒼司さんに出会えてよかった」

「俺もですよ」

何度も愛し合い、この日は夜遅くまで将来について楽しく語り合った。

きっとつらくて大変なこともあるだろう。けれど、今は明るい未来しか想像できない。

だって、愛する人と一緒だから――

エピローグ　新たな家族

入院中の洗濯物がたくさん入った鞄を持ち、菜那は実家に来ていた。

今日は母の退院日だ。リハビリのために入院が長引いてしまったが、無事に退院ができてホッとしている。

「お母さん、体調はどう？」

退院してきた母と一緒に荷物を片付ける。

「全然大丈夫よ。菜那こそ、新婚なのに私の退院にまで付き合わせちゃってごめんね」

「いいの。あ、蒼司さんが今日は仕事で行けなくてすみませんって。気にしなくていいのにね」

「本当よ、この前だって蒼司さんが立派な花を持ってきてくれたんだから。あんな素敵な人、めったにいないわよ」

蒼司は菜那になにも言わず、何度か母親のお見舞いに行っていることがあった。後から聞いて驚いたが、自分の知らないところで母親を大事にしてもらえていることがどんなに嬉しいことか。

今までの自分だったら、優しくて完璧な人がどうして取り柄もなにもない自分を好きになってくれたのかと思ってしまっていた。けれど、もう違う。今は胸を張って蒼司の妻は自分だと言えるようになった。それもすべて蒼司のおかげだ。

今は蒼司のもとで建築について学びながら、日々勉強をしている。

とはいえ今から建築士になるのは少し無謀なので、一番近道の設計士を目指すことにした。国家資格もいらず、蒼司のもとで勉強しながら百平米までなら一軒家を図面に起こすことができるようになる。毎日が楽しくて充実していた。

「洗濯機を回してる間にお昼食べようか。買ってきたお弁当温めるね！」

「うん、お願い」

病院から帰ってくる途中「ジャンキーなものが食べたい！」と母が言い出したのだ。最初は菜那が胃に優しいものを作ろうと思っていたが質素な病院食に飽きていたらしく、唐揚げ弁当を二つ買ってきた。

お弁当を袋から取り出した瞬間、くらりと立ちくらみのような感覚に襲われた。

「っ……」

疲れてるのかな……

一瞬の立ちくらみに菜那は特に気にせず電子レンジに弁当を入れて温めなおす。チンッと軽快な音に呼ばれて菜那は扉を開けた。

「つう……！」

むわっとする匂い。胃の中のものが迫りあがってくる感覚に驚いて、咄嗟にキッチンのシンクに顔を伏せた。

「菜那？　どうしたの？」

心配そうな母親の声が聞こえ、菜那は口元をぬぐって笑顔を見せる。

「ははっ、大丈夫。なんか匂いにむせたみたい」

「菜那……もしかして……」

「ん？　なに？」

「ううん、なんでもないわ。体調に気を付けなさいよ」

「わかってるって。まぁそれはお母さんの話じゃない？　もうこれで懲りたと思うから仕事は減らして、自分の体調不良を甘く見ないこと！」

「そうね、もう不安もなにもないし、仕事を減らして老後の生活を楽しむわ」

二人で笑い合いながらも気持ち悪さが菜那にまとわりついている。

温めたお弁当の蓋を外す。

「っ……！」

やっぱり、なぜか匂いを嗅ぐと気持ち悪さが強くなった。

「菜那」

母の声に菜那は無理やり笑って振り向く。

「なに？　温め終わったよ」

「今日はもう大丈夫だから帰りなさい。体調悪いんじゃないの？」

笑っていたはずなのに、一瞬でバレていたことに菜那は目を見開いた。

「お母さん……」

「私は大丈夫だから、菜那こそ自分の身体を大切にすること、わかった？」

母は半ば無理やり菜那の背中を押して、玄関まで歩を進める。

「お母さん、ごめんね。またすぐ来るから」

「うん、楽しみに待ってるわ」

菜那は鞄を持ち、申し訳ない気持ちを引きずりながら実家を出た。

「う～、にしてもなんでこんなに気持ち悪いんだろ……」

大きなため息が出たと同時に、ふと頭に一つの可能性が浮かんだ。

……あれ？

急な吐き気に、貧血のような症状。一つ、思い当たる節がある。

もしかして……

菜那の足取りは軽くなり、ドラッグストアに向かって歩き出した。

長方形の箱を一つ購入し、マンションに着くなり一目散にトイレへ入る。

これにかければいいんだよね……？

初めて使う妊娠検査薬。しっかりと説明書を読み、菜那はドキドキしながら結果を待った。数分待って浮き出てきた赤い線に思わず頬が緩む。

妊娠、してるんだ。蒼司さんとの子供がここにいるの……？

菜那はまだ膨らんでもいないお腹にそっと両手を当てた。

検査薬じゃまだ確定とは言えないけれど、自分のお腹の中に赤ちゃんがいる。

すっごく嬉しい！

「菜那さん？　どうしました？　もしかして具合が悪いんですか？」

トントン、とトイレのドアが鳴った。帰ってきてすぐ、ただいまの挨拶もせずにトイレに駆け込んだ菜那を心配して、蒼司がドアの前まで来ていた。

「蒼司さんっ、その、大丈夫です！　今出ますのでっ」

慌てて身だしなみを整えてトイレを出ると、リビングで心配そうに立っている蒼司と目が合う。

菜那は慌てて妊娠検査薬を自分の後ろに隠した。

「なにを隠したんですか？」

目の前に立った蒼司はジロッと菜那を見下ろし、後ろに隠した妊娠検査薬をあっという間に菜那の手から奪い取った。

「あぁっ！」

妊娠検査薬を手にした蒼司は目を皿のように大きくしたまま動かない。

「あの……蒼司さん？」

目の前で手をヒラヒラ振ってみるがまだ動かない。

「おーい？　蒼司さん？」

もしかして、嫌だったとか……？

「これは、その、まだ確定ではなくてですね」

「嬉しい」

視線を泳がせる菜那の言葉を打ち消すくらいの明るい声だった。

「蒼司さん……？　っ⁉」

きつく抱き寄せられ、菜那の肩に蒼司の顔がうずめられる。

「凄く嬉しいです。俺と菜那さんの子供だなんて……幸せすぎて夢でも見ているかと思ってしまいました」

蒼司の熱い吐息が肩に溜まり、熱さが身体中に広がっていく。

「嬉しい、ですか……？」

「当たり前じゃないですか！」

蒼司は菜那の両肩を持ち、力強い視線を向けた。

「菜那さんとの子供が欲しいと言ったでしょう。菜那さんと一緒にいられるだけでも幸せなのに、子供まで……本当に俺は幸せ者だ」

「私もです。とっても幸せです」

「もう涙を流さないくらいに、俺が菜那さんをもっと幸せにしてみせますからね」

サラリと頭を撫でられ、優しい視線を向けられる。菜那の大好きな蒼司の柔らかな表情だ。

「もう泣きませんよ。全部蒼司さんのおかげです。でも……」

「でも？」

「嬉しくて泣いちゃうことはあるかもしれません。それはいいですか？」

ふふ、と意地悪な顔で小さく笑うと蒼司も一緒になって笑った。

「もちろんですよ。でも俺の前だけって約束ですよ？」

「蒼司さんも泣く時は私の前だけにしてくださいね？」

コツンと額に蒼司の額が重なり、二人の笑い声が交じり合った。

今なら幸せすぎて怖いという言葉が少しわかる気がする。蒼司に出会って人生が変わり、幸せと思うことしかない。

幸せだと気も緩むらしい。ぐぅっと菜那のお腹の虫が鳴った。意味がないとはわかっていても慌ててお腹を両手で押さえる。

「……聞こえちゃいましたか？」

恐る恐る聞くと蒼司はクスクスと上品に笑っている。完全に聞かれていた反応に菜那は恥ずかしさのあまり肩を落とした。

「お昼ご飯にしましょうか。今日は俺が作ります」

「ええ⁉　蒼司さんがですか？」

「俺だって簡単なものだったら作れますよ。味の保証はできませんけどね」

蒼司は菜那の手を引いてソファーに誘導し、菜那だけを座らせた。

「いいんですか？　蒼司さんに作ってもらってしまって」

申し訳ないなと思い、目の前に立っている蒼司を見上げる。

「いいんですよ。少しゆっくりしていてください」

「ありがとうございます」

甘えてしまって悪いなと思いつつも、蒼司の作ったご飯が食べてみたいという好奇心に負けた。

一体どんな料理を作るのだろう、考えるだけでワクワクする。

換気扇が回る音、ウイーンと動く電子レンジの機械音、まな板と包丁がぶつかる音、たくさんの音に耳を澄ましながら料理ができるのを待っているのも案外楽しい。好きな人が作ってくれるご飯だからなおさらだ。

蒼司さんのエプロン姿……カッコいいな。

ソファーからキッチンはよく見える。いつもこのソファーで蒼司が仕事をし、菜那がキッチンに立って蒼司のことをチラチラと見ていたのに今日は逆だ。菜那がソファーからじーっと蒼司のことを眺めている。

決して手際がいいとは言えないけれど、自分のために頑張ってくれている蒼司を見ていると胸が熱くなった。

「お待たせいたしました。ツナと小松菜の和風うどんです」

名前の通りツナと小松菜が入ったうどんは焼うどん風に仕上げられていた。汁をまとった麺がつやつやと光っていて食欲をそそる。

「凄いっ！　とっても美味しそうです」

「一応味見はしたので大丈夫だとは思いますが……ツナと小松菜は妊娠初期にとてもいい食材なんだそうです。ネットで調べて作りました」

「仕事が速い……栄養面まで気にしていただいて本当にありがとうございます」

蒼司は菜那には箸を手渡し「召し上がれ」と微笑んだ。

パクリと一口含む。醤油ベースの味付けがさっぱりしていて食べやすい。

「美味しい」

率直な感想が口からこぼれた。

……そういえば。

誰かが自分のために作ってくれたご飯を食べるのは久しぶりだ。家事が苦手な蒼司がレシピを見ながら一生懸命に作ってくれたことが、空腹感だけでなく心まで温かく満たしてくれる。

「蒼司さん、凄く美味しいです」

菜那が言われて嬉しい美味しいという言葉。この一言で嬉しい、また頑張ろうと思える魔法の言葉をソファーの隣に座っている蒼司の顔をしっかりと見て伝えた。

「よかった。味見もしたんですけど、やっぱりなんか違うかなぁと思ってしまって。でもこれから菜那さんも悪阻《つわり》で大変になるでしょうから、俺もできる限りのことはしますからね。一人で頑張りすぎないように」

蒼司はすっと右手の小指を立てて菜那の前に差し出した。

「約束ですよ？」

「あっ」

指切りげんまんだ。いつも大人の余裕たっぷりの人の意外な行動が、あまりにも可愛らしくて愛おしさが込み上げてくる。菜那は満面の笑みで小指を差し出し、絡めた。

「指切りげんまん、頑張りすぎちゃ～だめですよ、指切った」

あまりのゴロの合わなさに菜那は思わず吹き出して笑った。

「ははっ、嘘ついたらじゃないんですねっ」

「菜那さんは俺に嘘つかないでしょう？　多分ついてもすぐにバレてしまうと思いますよ。菜那さんは素直で優しい人ですから」

「なっ……それはまぁ、嘘はつかないですけど……」

面白くて笑っていたはずが照れ隠しの笑みへと変わる。恥ずかしさを更に隠すために菜那はうどんをすすった。

美味しいけど、ずっと見られてると恥ずかしいよ……

菜那のコロコロ変わる表情を、蒼司は満足げに見つめていた。

＊＊＊

大きなお腹を支えながら菜那はキッチンに立っている。

つらい悪阻《つわり》の期間も蒼司の支えがあったから乗り越えることができた。蒼司は今では苦手な家事も一通りできるようになり、常に菜那を気遣ってくれている。本当に素敵な旦那様だ。

「さ、朝ご飯の準備、準備」

臨月になり、毎日胎動を感じながら、ゆっくり朝ご飯を作っている。今日は焼き鮭にわかめと豆腐の味噌汁だ。悪阻《つわり》の時期にダメだった炊き立てのご飯の匂いももう大丈夫になった。

このまったりした時間もあと少し。子供が無事に産まれたらゆっくりする時間はないだろう。不安もあるが楽しみのほうが今は圧倒的に大きい。

焼いた鮭を皿にのせ、ダイニングテーブルに運んだ。

「菜那さん、おはようございます」

身なりを整えた蒼司が爽やかな笑顔でリビングに入ってきた。

「蒼司さん、おはようございます」

「いい匂いです。今日も俺は一日家で仕事なのでなにかあったら言ってくださいね」

「はい、ありがとうございます。じゃあ食べましょうか」

お味噌汁とご飯をよそい、ダイニングテーブルに並べ終えたと同時にズキッとお腹が痛んだ。

「うっ……」

バシャッ――

「え……？」

菜那の足の間から水風船がわれたような勢いで水が流れ落ちた。

「っ……!?」

も、漏らした……？　お腹が大きくなってからトイレが近くなってたからっ……！

「ごっ、ごめんなさいっ……私、私っ……」

「菜那さん、大丈夫だから落ち着いて」

慌てる菜那に対して蒼司は冷静で、菜那の肩に両手をのせて視線の高さを合わせてくれる。

「これ、破水かもしれません。急いで病院に電話をして向かいましょう」

「破水っ……はいっ、す、すぐに電話しますっ……！」

菜那は急いで病院に電話を掛けた。すぐに病院に来てくれとのことで蒼司の車に乗り込んで向かう。向かっている途中からズキズキとお腹が痛みだし、陣痛だと実感した。

もうすぐで、この子に会える……？

痛みと嬉しさがぐちゃぐちゃに混ざり合う。病院に着いたころには十分間隔でお腹が痛むようになっていた。

「うっ……痛いっ……」

「菜那さん、大丈夫ですか？　頑張って！」

破水が先だったため、感染症予防のため抗生剤を投与される。個室に案内された菜那はベッドに寝そべり陣痛に耐えた。蒼司は苦しそうな菜那の手をずっと握っている。

「ゔゔ〜〜、痛い、痛いっ！」

病院に着いてから既に一時間は陣痛に苦しめられている。蒼司に励まされながらなんとか痛みに耐え、たまに看護師さんが部屋に来ては子宮口の開き具合を確認していく。

三回目の確認で分娩室に案内された。蒼司も一緒に案内され、「菜那さん」「頑張れ」とたくさんの声を掛けてくれ、分娩台に乗った菜那の顔の横に立っている。

「お〜、子宮口全開だね、産まれるよ〜！」

「んん〜〜〜、痛いです〜〜〜！」

産婦人科の先生が分娩台に乗っている菜那の足の間で微笑んでいる。

「痛いけど頑張って息してね！　次の陣痛が来たら思いっ切りいきむよ！」

「はいぃぃぃっ！」

大きな痛みの波が来た時、菜那は思いっ切り力を入れた。

「菜那っ、頑張れっ！」

「蒼司さんっ、ンんんッ〜〜〜！」

蒼司の手を握りながら最後まで踏ん張る。

「菜那っ、もう少しだ、頑張れっ！」

「ンん〜〜〜っんあぁ！」

あ……

「ふぎゃぁ、んぎゃあ」

か弱いのにしっかりとした赤ちゃんの泣き声が聞こえた。

「産まれましたよ。おめでとうございます。可愛い女の子ですね〜！　胸の上にのせますよ〜」

先生の言葉に一瞬で視界が涙でぼやけた。柔らかな重みを胸の上に感じ、そっと両手で包み込む。

「あっ……うぅっ……赤ちゃん、赤ちゃん……嬉しい、ずっと会いたかった……」

この嬉しさに比べたら、痛みなんてどこかへ飛んで行ってしまった。

「菜那、ありがとう。ありがとうっ……」

蒼司の声も震えている。顔をずらして蒼司を見るとボロボロと涙を流していた。

初めて見る蒼司の涙に、菜那もますます涙が溢れる。

幸せで胸がいっぱいだ。

素敵な旦那様に天使のように可愛い我が子。もう、自分は守られるだけじゃない。

この二人を守りたい、そう強く思った。

番外編　ママの時間と女の時間

一ヶ月の新生児の時期もあっという間に過ぎ、無事に検診を終えた。

「和香那《わかな》、よく頑張りました」

「本当にうちの娘はいい子すぎるな」

身長や体重などを測るために一度脱がせた服を着せながら、菜那は和香那に向けて笑顔を見せる。

もちろんその隣には、菜那以上にデレた顔の蒼司がいた。

娘の名前は、宇賀谷和香那。人が集まり、周りを和ませるような子になってほしいという願いを込めてつけた名前だ。「那」の字は、蒼司が菜那のように優しい子になってほしいからと那の一字を取った。

「今日の検診は終わりです。特に問題はなかったですね。次の検診までになにか気になることがあったら遠慮なく受診してくださいね」

優しい産婦人科の先生の言葉に感謝しながら、三人で病院を出た。

和香那を新生児用のチャイルドシートにのせ、家へ帰る。

しばらく車を走らせていると、さっきまで起きていた和香那はすやすやと眠りについていた。

「ふふっ、もう寝ちゃいました。早いですね」

「きっと検診で疲れたんですよ。でも、無事に育ってくれててよかった。それに菜那も、産後一ヶ月経ったからって無茶しないこと。俺がいるんだから頼ってくださいね」

「わかってますよ。……ふふっ」

菜那は両手で口元を押さえながら後部座席から蒼司を見る。

「なに？　どうしました？」

バックミラーに不思議がる蒼司の顔が映っている。

「いえ、まだ蒼司さんに菜那って呼び捨てにされるのが慣れなくて。なんかくすぐったい気持ちになっちゃいます」

「実は俺もです……敬語でも話しちゃうし、癖ですね」

「でも和香那を産む時、私のことを菜那って呼んでくれましたもんね。その時は痛すぎて考えてられなかったけど後々思い出して、凄く嬉しかったです」

信号が赤に変わり、車が止まった。

「菜那」

何度呼ばれても、とくんと心が喜んで反応する。

蒼司が後ろを振り向いた。

「蒼司さん？」

「本当に俺と出会ってくれてありがとう」

優しい笑みを見せる蒼司にぽわんと心が温かくなる。

「私もです。こんな私を見つけてくれてありがとうございました」

「菜那、あのさ――」

「……ぎゃぁ、おんぎゃぁ」

すぐに隣の和香那を見ると両手をグーにして泣いている。

「あらら、起きちゃったんですね。すぐに抱っこしてあげたいけど、あと少しで着くから和香那、待っててね」

「和香那～、もう着くぞ～」

「それで、蒼司さん、話の続きはなんですか？」

首を傾げて蒼司を見ると運転しながらくすくすと笑っている。和香那が産まれてからこうして会話が途切れることが多いけれどお互い気にしていない。今だって蒼司は嬉しそうに笑っている。

「話の続きはまた今度で。もう家につきますね。和香那～もう着くから泣かなくていいんだよ～」

家につき、車を駐車場に停めると蒼司は急いで車から降りて後部座席のドアを開けた。

「なんだ、寝ちゃってるのか」

「はい、ついさっき寝ちゃいました」

菜那がツンと頬を優しくつついてみるが、起きる気配がない。

「ふふっ、本当に赤ちゃんって忙しいし、見てて飽きませんね」

「本当ですね。可哀想だけどクーファンに入ってもらおうか」

蒼司はそっと両手を伸ばし、和香那をチャイルドシートから持ち上げるとクーファンにそっと降ろした。赤ちゃんを入れて持ち運べるクーファンはカゴのようなもので、首の据わっていない今の時期には大活躍している。寝心地がいいのか、和香那は移されたことに気が付かずに相変わらず可愛い寝顔ですやすやと眠っている。

「じゃあ、行きましょうか」

蒼司が宝物を運ぶように大切に持ち上げ、マンションへと入っていく。

家に入り、和香那を中で寝かせたまま、クーファンをソファーの近くに置いた。

「そういえば蒼司さん、さっきの話ってなんですか？　ずっと気になっていたんです」

小さな寝息を立てる和香那の顔を眺めてから、キッチンに立つ蒼司のもとへ向かった。蒼司は菜那のお気に入りのルイボスティーを淹れてくれている。

「あぁ、そうですね。じゃあお茶がもう淹れ終わるのでソファーで座って待っててください」

「わかりました。その、私も話があるので……聞いてもらえると嬉しいです」

「菜那さんも？　わかりました。すぐに行きますね」

菜那はコクンと頷き、ソファーに座りながら蒼司を待った。

「お待たせしました。じゃあ先に菜那の話から聞かせてください」

ギシッとソファーが軋《きし》み、肩の触れる距離に蒼司が座る。

「私からですか？　いえっ、蒼司さんの話を先に聞きたいです」

「いえ、菜那さんから」

「いえいえ、蒼司さんの話から」

「俺の話より菜那さんの話を先に聞きたいんです」

「……ふふっ、さん付けに戻っちゃってますね」

あ、と小さく口を開けた蒼司は目を細めて優しい笑みを見せた。菜那の大好きな蒼司の笑顔だ。

「つい、菜那さんには紳士ぶりたいって思っているからかもしれませんね」

「確かに、蒼司さんは出会った時からとっても優しくてスマートで、紳士の鑑《かがみ》みたいな人で……って話が逸れちゃってるじゃないですか」

「ははっ、本当だ。じゃあ菜那から話して？」

左ひじを自身の太ももにつき、蒼司は菜那の顔を覗き込んだ。艶《つや》やかな瞳が菜那を捉える。

この感じ、久しぶりだ。射抜かれるように見つめられ、自然と口が開いてしまう。

「私、ずっと自分にはなにもないと思ってました。空っぽの人間だなって……でも、やっぱり家事が好きで、家事ができることは誇らしいって思えたんです。それと同時にやりたいって思えることもできて……ってこれはもう蒼司さんに話してますよね」

蒼司は口を挟むことなく、優しくうんうん、と相槌だけを打ってくれている。

「その、そろそろ本格的にまた勉強を再開しようかな、と……そうなると蒼司さんの協力も必要になってくるので……」

「凄くいいタイミングです」

蒼司が菜那を抱き寄せた。

「え……蒼司さん？」

すっぽりと蒼司の腕の中に収まった菜那は、蒼司の言ういいタイミングとはなにか全くわからず、首を傾げる。不思議がる菜那から身体を離し、蒼司はまっすぐに菜那を見つめた。

「俺と一緒に自分達の家を建てませんか？」

……家？

「えっと……それはどういうことでしょうか？」

きょとんと目を丸くする菜那の頭に蒼司の手が伸びた。柔らかく髪を撫でられ、愛おしそうに見つめてくるものだからドキドキと心臓が騒ぎ出す。

「今住んでるこのマンションじゃなくて、一軒家に住みませんか？　広い庭にも憧れますし、なにより今のマンションには子供部屋がないでしょう。これから弟や妹だって増えるかもしれないし……だから、一緒に建築しませんか？　菜那さんの言う家事のしやすい理想の家を作り上げたいんです」

「理想の家……」

その言葉にワクワクした。

「やりたい！　やりたいです！　とっても素敵ですっ！」

パチンと両手を合わせて、菜那は瞳をキラキラさせる。

「菜那さんならそう言ってくれると思ってました。二人で最高のマイホームを建てましょう」

「はいっ！　精一杯蒼司さんのもとで勉強させてください」

「俺、建築のことになると結構厳しいですよ？」

「お、お手柔らかに？」

顔を見合わせ声を出して笑い合う。

「んぅぅ～、んぎゃぁ、んぎゃぁ～っ」

小さな手をぎゅっと握りしめ、和香那は顔をくしゃくしゃにしながら泣き声を上げた。

「あ、起きちゃいましたね。ちょっと大きい声で話しすぎたかも」

ソファーから降りた菜那は床に膝をつき、和香那をそっと抱き上げる。

「もしかしたら和香那も話に入りたかったのかな？　俺達だけで盛り上がっちゃいましたから。ごめんな、和香那」

蒼司が和香那の小さな手に指を伸ばす。その小さな手は蒼司の指を力強く握りしめた。

「本当可愛い。寝顔も菜那さんにそっくりだけど、こうして泣いてる姿も。なんだか少し懐かしいな」

「出会ったばかりのころは、その、私泣き虫でしたもんね。少しは強くなれましたかね？」

「俺からしたら菜那さんは最初から優しくて芯の強い女性でしたよ。だから惚れたんです」

大好きな蒼司の腕に和香那と一緒に包み込まれた。安心感のあるこの温もり。和香那も菜那と同じように感じるのか、いつの間にか泣き止みじぃっと蒼司と菜那の顔を見上げている。

「菜那さん」

「はい？」

「家族がたくさん増えても大丈夫なように大きな家にしましょうね」

「っ……」

体中がぶわっと熱くなる。

頬に温かな雫が伝った。そっと親指で拭きとられ、蒼司は柔らかに微笑んだ。

「あっ……」

「あの、これは、嬉しくて……」

「俺の腕の中でなら泣いたっていいんですよ」

きっと、いつまでたっても泣き虫のままかもしれない。でもいいんだと思う。

だって、彼の腕の中が一番の自分の幸せな居場所だと思えるから。

＊＊＊

四年後——

「ママ〜、わかなもやるのぉお！」

お気に入りのエプロンを手に持った和香那がキッチンにトタトタと走ってきた。四歳になった和香那は今はなんでもやりたい！　知りたい！　という時期だ。今もキッチンに立つ菜那を見てやりたい！　の気持ちがむくむく芽生えたのだろう。

「じゃあ、一緒にお昼ご飯作ろっか」

「やるー！　つくるー！」

プリンセスの絵がプリントされたエプロンを和香奈の頭からすっぽりとかぶせた。

「よしっ、じゃあ今日はサンドイッチを作ってお庭でピクニックだ！」

「ピクニック！　おにわでごはんたべるのだいすきっ」

和香那は飛び跳ねながら目をキラキラさせて喜んでいる。

「じゃあ、はい。台の上に乗ってまずは手を洗いましょう」

「はーい」

専用の踏み台を用意すると、和香那はそれに乗って慣れた手つきで手を洗い始める。

この家に引っ越してきてまだ一ヶ月なのに、子供の順応力って凄いなぁ。

ごしごしと手が泡まみれの和香那を見て思わず感心してしまう。

一ヶ月前、蒼司と菜那の二人でアイデアを出し合ったマイホームが完成した。時間はかかってしまったけれど、家事のしやすい理想の家が完成したと思う。

特に菜那のお気に入りはこのキッチンだ。通路が広く、大人が余裕ですれ違うことができる。作業スペースを広くしたおかげでこうして和香那と一緒に料理を楽しむこともできる。菜那の楽に家事ができるアイデアがたっぷり詰まったキッチンだ。コンセントの位置も調理器具を使いやすいように調整し、収納も無駄なスペースを作らないようにした。

「ママ、て、あらったよ！」

両手を菜那の目の前に出し、得意げにニコッと笑っている。手を洗っただけなのに、可愛いなぁと思いつつ、「わぁ、凄いっ。ピカピカだね」と全力で褒めた。

「じゃあママがゆで卵を作っている間に和香那にはレタスを洗ってもらいます」

「あいっ！」

やる気の籠った元気な声。もう何度かレタスは洗ったことがある和香那は手際よくレタスをむしりとり、一枚一枚丁寧に洗い始めた。

ふふっ、レタス洗うのにあんなに真剣なんだもんなぁ。

卵をお湯でぐつぐつと茹でながら和香那の様子を眺める。和香那がレタスを洗い終えるころにちょうどゆで卵もできあがった。氷水でキンキンに冷やし、卵を一つ和香那に手渡した。

「卵、やる？」

「やるー！　たまごむきむきするのだいすき！」

ゆで卵の殻を剥くのが和香那は大好きだ。たまに綺麗に剥けなくて怒ったり泣いたりもするけれど、どうしても最後まで自分でやりたいらしい。ゆで卵が小さな手の中にあると、とても大きく見える。

「じゃあ、ヒビを入れてください」

「はいっ！」

和香那はバンバンとなかなかの強さで卵の殻を叩き割った。表面に粉々と言ってもいいほどのヒビができ、小さな指で一生懸命剥き始める。

「ママ、みて！　きれいにできた！」

つるんっと綺麗に剥けたゆで卵が和香那の小さな手のひらのうえで寝転んでいる。

「わ～すっごく綺麗。凄いね。もう一個やる？」

「やる！」

和香那は二個目のゆで卵も強めの力で叩いていた。

綺麗に剥けたけど、今日はサンドイッチだから潰してマヨネーズで混ぜちゃうんだけどね……

案の定、和香那は卵を潰す時に少し怒ったが、混ぜている間に楽しくなったらしく機嫌もすぐに直った。

レタスとハムのサンドイッチとタマゴのサンドイッチが三人分完成した。

「完成～。お庭に運ぶ前にパパのこと呼んでこよっか」

「うんっ」

和香那は一目散に走り出し、リビング内にある階段を勢いよく昇っていった。菜那も和香那が階段から落ちないよう、後ろにピッタリとついて昇っていく。

蒼司の仕事場兼書斎は二階にある。今まで住んでいたマンションの二倍広くなった仕事部屋だが、なぜかその三分の一は和香那のオモチャで埋め尽くされているのが現状だ。パパと一緒に遊びたいという娘の要望に負けて、仕事の合間を縫っては遊んでいる。

仕事部屋の前に着いた和香那がトントンとドアを叩いた。

「パパ～ご飯できたよ～！」

「あぁ、今行く」

中からすぐに蒼司の声が聞こえてきた。ガチャリとドアが開き、眼鏡姿の蒼司が現れる。

「よいしょっと、今日のお昼ご飯はなんだろう？」

蒼司が和香那を抱き上げる。嬉しそうに和香那は蒼司に抱きつき、頬を寄せた。

「サンドイッチ！　ママといっしょにつくったんだよ」

「おぉ、凄いね。二人が作ったサンドイッチなら世界一美味しいだろうな」

大げさすぎる褒め言葉を言いながら蒼司は頬を緩ませている。

「蒼司さん、お仕事お疲れ様です」

「菜那さんも、和香那と一緒にお昼ご飯を作ってくれてありがとう」

そっと菜那の頭を撫で、蒼司は和香那を抱っこしたまま階段を降りた。

「パパ、きょうはピクニックよ」

「そうなんだ。天気もいいしね、お外で食べたらもっと美味しいだろうな」

和香那は庭を指さし「おそと！」とそのまま蒼司を誘導していく。菜那はキッチンに戻り、サンドイッチをトレイにのせて外へ運んだ。

高い塀で囲われた庭はプライベートがしっかりと守られていて、外からの視線も気になることはない。一面人工芝で、小さな花壇と砂場は和香那のお気に入りの場所だ。

四角いガーデンテーブルにサンドイッチとお茶を並べる。蒼司と和香那が隣同士に座り、菜那は向かい側に座った。手を合わせ三人の声が綺麗に重なる。

「「「いただきます」」」

＊＊＊

スヤスヤと小さな寝息が聞こえてきた。

……寝たかな。

薄暗い中、そーっと和香那の顔を覗き込む。ジィっと見つめていても目が開かない。

よし、完全に寝たね。

和香那を起こさぬよう、ベッドから降り、寝室からそっと抜け出した。

家族三人で寝ている寝室はリビングに面しており、寝室から抜け出してもリビングにいれば泣いたらすぐに気が付ける。そう設計したのは菜那のアイデアだ。

忍者のように忍び足でリビングに戻る。蒼司はまだ仕事が残っているらしく仕事部屋に籠っているようだ。菜那もダイニングテーブルに本をどさっと置き、ノートを広げた。

「よしっ、やるぞっ！」

和香那が産まれて四年、菜那は家事育児をしながらも建築の勉強も手を抜かなかった。自分達の家を設計したことが菜那の設計士デビューだ。

今も蒼司の下で設計士として働きながら整理整頓アドバイザーの資格を取るため、菜那は自宅受講をしている。

菜那はこうして娘が寝静まってから勉強を開始している。蒼司と自分達の家を考えていた時に、ますますこの仕事の魅力に気が付いた。主婦にとって家事のしやすい最高な家。家作りに悩んでいる人の手助けができるよう、少しでも自分のスキルアップを目指している。

一時間ほど集中して勉強していたら、二階から足音が聞こえてきた。

「菜那さん、今日も頑張っていますね」

「蒼司さんっ、でもちょっと疲れたので休憩しようかなって思ったところでした。あ、なにか飲みますか？　淹れますね」

椅子から立ち上がろうとした時、蒼司が階段を降り終え、菜那の肩に両手を添えた。

「菜那さんは座ってて。俺が淹れますから」

「でもっ……」

「いいから。ルイボスティーでいいですよね？」

「はい。ありがとうございます」

妊娠中に好きになったルイボスティーは今も変わらず飲み続けている。ノンカフェインで夜に飲むのにもちょうどいい。

蒼司は淹れたルイボスティーをリビングの真ん中に設置してあるローテーブルの上に置いた。そしてL字形の大きなソファーに座り、手招きで菜那を呼び寄せる。

菜那はふふっと柔らかに笑い、立ち上がった。

「はい、どうぞ」

「ありがとうございます」

蒼司の隣に座り、温かなルイボスティーを両手で受け取って一口飲む。なにも飲まずに勉強して乾いていた喉が潤う。蒼司も足を組み、リラックスした様子で一緒に飲み始めた。

「蒼司さんはもうお仕事終わったんですか？」

「ええ、今日はもう終わりにしました。早く菜那さんと二人っきりになりたくて」

「んんっ！」

飲んでいたルイボスティーが喉に引っかかり、少しむせた。

結婚してもう五年になるのに、蒼司は相変わらず甘い言葉をかけてくれる。

「そんなに驚くことはないでしょう。お互い一緒に住んでいても二人っきりになれる時間は少ないんですから」

「まぁ、そうですね……」

実際に和香那が産まれてからは育児と家事の合間に仕事をし、更に資格の勉強に追われて蒼司と二人きりでゆっくり過ごせた日は数えられるくらいしかなかった。蒼司も仕事が忙しく、昼間和香那と遊んだ日には夜中まで書斎に籠っている。

だから、今こうしてゆっくりお茶を飲んでいるこの時間もかけがえのない、大切な二人だけの時間だ。

「ねぇ、菜那さん。今日はもう勉強は終わりにしませんかって言ったらダメでしょうか？」

「えっと……」

カチャンと音を立てて、飲んでいたカップを置いた。蒼司の手が流れるように菜那の髪を捉え、するりと頭を撫でる。

何年経っても、何歳になっても、蒼司の大きな手で撫でられるのは心地よい。蒼司の手は菜那を守り、安心感を与えてくれるだけではなく、今は和香那を守る手にもなった。

でも、やっぱりたまには独占したくなる。

「……実は今日はもう終わりにしようと思っていたところ、でした」

少し口先を尖らせながらもごもごと言葉を濁し、視線を落とす。なんだか自分から誘っているような気がして恥ずかしい気持ちが勝ってしまった。

「ん？　今なんて言いました？」

うつむく菜那の顔を蒼司は嬉しそうに覗き込む。

「っ……！」

これ、絶対わかってるやつだっ。

蒼司はなかなか口に出さない菜那の顔をニコニコしながら覗き続ける。

「菜那さん？」

声が明らかに弾んでいる。菜那は観念して口を開いた。

「今日はもう勉強は終わりにしました……」

「じゃあ、今からの菜那さんの時間、俺にくれますか？」

「はい……」

菜那の小さな返事を聞くと、蒼司は穏やかに微笑み、菜那を抱き寄せた。身体のバランスが崩れた菜那はとさりと蒼司に倒れ込む。

「そうだ。少しマッサージをしましょうか。菜那さん肩凝ってるでしょう？」

「まぁ、最近肩凝りがひどくて。でもいいんですか？」

「任せてください。ソファーにうつぶせになって」

嬉しいなぁと呟きながら菜那はうつぶせになった。ぎしりとソファーが軋《きし》むと同時に、蒼司が膝を立てて菜那の足を跨《また》いでいる。

「じゃあやっていきますね」

「はい。お願いします。次は私が蒼司さんをマッサージしますね」

「そうですね。まぁ……できれば、ですけど」

「え？　なんて？」

聞き返すが蒼司には聞こえていなかったのか、そのままマッサージが開始された。両肩を揉みほぐされ、身体の力が徐々に抜けてくる。

「どうですか？　もう少し強くしましょうか？」

「いえ、ちょうどいいです。気持ちいい……」

「ならよかったです」

ぎゅっぎゅっと肩を揉まれ、そのまま蒼司の手は肩甲骨の間を揉みほぐし始める。親指の指圧もほどよく、ピンポイントで凝っているところを突いた。腰は手のひら全体で押すようにマッサージされ、これがまたとても気持ちいい。次第に蒼司の手はなぜか下半身へと伸びていった。

「あ、あの蒼司さん？　別に足のマッサージは大丈夫ですよ？」

くいっと顔だけを後ろに向ける。

「ん？」

蒼司はニコッと笑いながら首を傾げ、そのままマッサージを続けた。太ももをがっちりと掴まれ、リンパをほぐすように指先が動く。ぐっぐっぐっと少しずつ上へと動き、鼠径部《そけいぶ》に到達した。

あっ……

蒼司は自分を思ってマッサージをしてくれているはずなのに、心臓も身体もドキッと反応してしまう。意識が蒼司の指と、触れられている部分に集中し、思わず口を軽く結んで顔をソファーに押し付けた。

やだ、私……

下腹部に違和感を感じ始め、菜那は両足をきゅっと閉じた。

「あの、菜那さん。それじゃあマッサージができないのでもう少し身体の力を抜いてください」

蒼司は身体を折り曲げ、耳元で囁《ささや》いてくる。背中に感じる蒼司の熱に身体がじわじわと火照り始めた。

「あ、あの、もうマッサージは十分です。ありがとうございました」

ソファーと蒼司に挟まれた身体をもぞもぞと動かし、その場から抜けようと試みる。

「菜那さん」

「んっ……！」

耳朶《みみたぶ》を喰われ、ビクッと身体が小さく震える。何度も感じているはずなのに何年経っても慣れないものだ。蒼司に触れられると身体中の細胞が嬉しいと反応してしまう。

「可愛いな。久しぶりに菜那さんの声が聞けた」

「なに、言ってるんですか。毎日話してるじゃないですか」

蒼司の声は艶《つや》を含んで嬉しそうだ。うなじを隠していた髪をそっとどけ、菜那の無防備な首筋に顔を埋めた。

「違いますよ。それはママの菜那さんであって、今は女の菜那さんの声を堪能しているんです」

蒼司が話すたびに吐息がうなじを擽《くすぐ》る。

「久しぶりに、抱いてもいいですか？」

炎を吐き出したかのような熱い声と息に、身体の芯から溶け出しそうになる。そんな甘い誘いを断れるはずがない。

「……はい」

「あぁ、嬉しいな」

蒼司は菜那の体調や気分を考慮してか、いつも律儀に「抱いてもいいですか？」と許可を求めてくる。それが菜那にとってはとてもありがたかった。とはいえ、体調が悪かったり寝不足の時に誘われることはほぼないので断ることはないのだが。

するりと服を捲《まく》り上げられ、背中があらわになる。ちゅっちゅっと音をたてながらキスの嵐が降り注ぎ、くるりと身体を回された。バチリと蒼司と目が合い、ドクンと心臓が高鳴る。

引き寄せ合うように唇を重ね、熱い舌を絡ませた。久しぶりの舌と舌が濃密に重なり合う感覚に、胸の奥が熱くなる。

「んっ、ふっ……」

ギシッとソファーが軋《きし》み、唇が離れた。

あ……

バサッと服を脱いだ蒼司の裸体はパパになっても引き締まっていて、思わず見惚れてしまうほど。

自分はというと、なんだか最近太ってきたような気がする。特にお腹回りがムニムニしている。

「あのっ、電気を消してください」

「ダメですよ。菜那さんの綺麗な身体が見えなくなってしまいますからね」

「いやっ、本当に最近ちょっとお腹が、ね、だから消してくださいっ」

うう〜っと腕を伸ばし、蒼司の胸を押し上げる。けれど、蒼司の身体はびくともしない。

「あっ、んぅっ……」

腕を取られ、反論する口をキスで塞がれた。舌を吸い上げられ、唇を動かすたびにいやらしい水音が鳴る。

「ん、はぁ……そう、しさん……電気……」

「ダメ。菜那さんの全部が見たい」

「そんなっ、んっ……」

蒼司の舌先が口腔内をゆったりと這う。歯列をなぞられ、舌の付け根から吸い上げられた。こぼれ落ちそうになる唾液を搦《から》め捕《と》っては身体の中に流し込む。夢中で唇を重ねていると、柔らかなウエストにするりと蒼司の手が触れた。

「っ……！」

パジャマを捲《まく》り上げられ、下着があらわになる。和香那が産まれてからのセックスは服を着たままのことが多い。

和香那が二歳のころ、セックスの最中に突然泣き出し、慌てて服を着たことがあったからだ。

唇を離した蒼司はブラジャーのホックを器用に外し、プルンと二つの膨らみを解放させた。胸の先端はまだ触れられてもいないのに、この先の刺激に期待するように硬く尖っている。

「んぅっ！」

蒼司の指先が乳首に触れた。久しぶりの胸先からくるビリッとした感覚に菜那は背を反らせる。

大変っ、和香那が起きちゃったら……！

思わず出てしまった甲高い声に、菜那は慌てて自分の口を両手で塞いだ。

「そうですね。和香那が起きたら大変ですからね」

コクコクと頷く菜那を見て蒼司はクスッと意地悪な笑みを見せた。

そうっと耳元に近づき、小さな声で囁《ささや》く。

「声、ちゃんと我慢してくださいね？」

満足げな声と共に、蒼司の顔が菜那の胸の間に埋まった。

乳房を両手で揉みながら、蒼司の舌先が菜那の熟れた先端を遊ぶように転がしている。

チロチロと舐めてはじゅうっと音を立てて吸い上げられ、蒼司が一体どんな表情をして自分に食らいついているのか気になった。父親の顔なのか、それとも男の顔なのか。視線を下げるが胸元に溜まったパジャマとブラジャーで上手く見えなかった。

「んっ、ふっ、んぅっ」

必死で声を押し殺す。

「んうぅっ！」

するりとショーツの中に入ってきた蒼司の中指が、ぬちゅっと音を立てながら蜜溝を丁寧に擦り上げる。

「ふ、ん、んっ」

「凄い。もうこんなに濡れてますよ。いやらしい音、聞こえちゃいますね」

ちゅぷちゅぷと水音を立てながら蒼司の指が蜜壁の中をかきまわす。指の腹がクイッと奥を突き上げ、思わず背が仰け反った。

「んぅっ～！」

菜那の反応を見て蒼司は目を細めた。

「本当に菜那さんはここを擦られるのが好き、なんですよね。だからもっと可愛がりたくなってしまいます」

「んぅっ、ん、んっ、んあぁっ」

奥の、菜那の弱い場所を蒼司はよく知っている。長い指が一点をトントントンと攻め立て、菜那の嬌声が口を塞いでいる指の隙間から漏れ出した。

「ん、あっ、あぁっ、んぅっ」

「服、やっぱり邪魔は邪魔なんですよね。本当はもっと菜那さんの肌を隅々まで見たいのに……」

ゆっくりと指が抜かれた。物欲しさにひくつく蜜口が早く、早く、と蜜を流して蒼司を待っている。

「でも、万が一のことも考えておかないといけませんからね」

ずるっとズボンとショーツが引き抜かれ、片足にぶら下がっている。

蒼司はパジャマのズボンと下着を一気に下げ、大きく反り立った熱棒が勢いよく飛び出した。

わ……もうこんなにおっきく……

それだけで、もの凄く嬉しいといつも感じてしまう。母になった自分の身体はどうしても子供を産む前の体形とは違うところがある。それでもこうして自分の身体に夫が欲情してくれているという事実が菜那の心を喜ばせた。

避妊具をちゃんと用意して、着けている姿でさえ愛おしくて堪らない。

「あっ……」

ひたっ、と鈴口がトロトロになった蜜口に触れた。

「こんなに垂らして、待たせちゃったね」

「蒼司、さん……も、欲しい……」

「あなたって人は、やっぱり俺を煽《あお》る天才だ」

獰猛《どうもう》な鏃《やじり》が一気に押し込められる。蜜溝が大きく広がり、雄笠を呑み込んだ。

「んあぁっ――――！」

叫びに近いような甘い声が出て、菜那は慌てて口を両手で塞ぎなおす。

身体を折り曲げ、蒼司は菜那をぎゅっと抱きしめた。

「なるべく静かに動きますから。菜那さんも声、頑張って押さえてくださいね」

頷き、それが合図のように蒼司が動き出した。

ソファーが軋《きし》まないよう、気を付けながら動いていることがわかる。ゆっくりと剛直が抜き挿しされ、ぬぷっと粘着質な音がゆっくりと鳴っていた。

「んあっ……そうし、さんっ……ん、ん」

少しでも多く、蒼司を感じたい。唇を噛みしめながら菜那は蒼司の背中に両手を伸ばした。ぎゅうっと力強く抱きしめ、蒼司の体温を服越しに感じる。

「ごめん、菜那さん。少し激しくするね」

蒼司は困ったような表情を浮かべて小さな声で囁《ささや》くと、蜜壺の最奥を割るように熱棒を突き上げてきた。

「んうっ、あぁっ、あっ、はぁんっ」

抽送を繰り返す剛直に、秘部が熱を持ったように熱く燃え上がる。甘い蜜を溢れさせ、膣壁の中にいる剛直にねっとりと絡みつき離さない。

「ダメ……声、でちゃっう……んぅっ」

自分の口から漏れる女の甘い声。蒼司の前では和香那の母であり、蒼司の妻であり、女なんだと実感する。こうして蒼司に抱かれることがなにより嬉しい。身体の奥底から女の部分が喜び、叫んでいた。

「っ……本当に、菜那さんの声は可愛いな……でも、ちょっと塞ぎますね」

「ふんぅっ……ん、ん」

キスで塞がれ、菜那の嬌声が蒼司に吸い込まれていく。場所もソファーで、服も全部脱いでいない。避妊だってちゃんとしている。でも、すべてが蒼司と繋がっているような気がした。強く抱きしめ合いながら、何度も舌を絡ませ、大きく脚を開いて蒼司を受け入れる。

「んあっ……はぁはぁ……蒼司、さんっ、私もうっ……」

せり上がる快楽に耐えきれなくなる。

「いいよ。もっと気持ちよくなって」

「あぁっ、んぅ〜〜〜っ！」

蒼司の肩に唇を押し付け、声を逃す。くたりと身体がしな垂れた。

「はぁ……蒼司さん、私が先にイッてしまいました……」

蒼司はビクビクと触れるたびに反応する菜那の髪を優しく撫でた。

「そうですね。なのでもう少し俺に付き合ってくださいね？」

「あ……えっ……」

ぐいっと身体を持ち上げられ、菜那はソファーに膝をつき、背もたれに両手をついた。息をつく間もなく、ひくつく蜜口を剛直が突き上げる。

「あぁっ……！」

一気に最奥を突かれ、蜜口が強く熱棒を締め付ける。蒼司は腰を動かすのを止めず、尻を掴みながら腰をリズムよく打ち付けた。

「はぁっ、あぁっ、蒼司、さんっ、気持ちいぃっ……」

「俺もっ……菜那さんもう少し声我慢して？」

「あぁっ……んうっ……ん、んっ……」

唇を噛みしめながら声を我慢する。身体を大きく揺さぶられ、快楽からなにも考えられなくなってきた。

「はぁんっ」

上下に揺れていた大きな乳房を蒼司が鷲掴みにし、卑猥に形を変える。

「あぁっ、それ、ダメぇっ」

きゅっと乳首を摘ままれ、身体が仰け反る。

「菜那さんは両方弄られるのが好きですもんね。更に締め付けてくる……」

「やぁっ、気持ちいからっ、声出ちゃうっ……！」

身体が快楽に溺れる。

「んうっ、はぁんっ」

パンパンパンと打ち付ける音がより一層激しくなった。きつく背中を抱きしめられ、厚い胸板が汗ばむ身体と密着する。

「っ……菜那さん、もうっ――」

蒼司の唇の隙間からこぼれた声が切羽詰まっている。

余裕のなさそうな蒼司の声にドクンッと胸が高鳴り快楽がぶわっとせり上がってきた。

「あぁっ、わ、私もまたっ……んっ」

蒼司に顔を後ろに向けられ、唇が塞がる。

「んんっ、好きっ……蒼司、さんっ」

「俺もだ……愛してるよ」

キスの合間に愛の言葉が自然と溢れ出す。その言葉一つ一つが菜那の心を満たして、好きという気持ちが溢れ出していく。

「あぁっ、もっ、ダメぇっ……！」

真っ白な世界に投げ出されたような快楽に、唇を噛みしめた。

「っ……！」

同時に蒼司が菜那を更に強く抱きしめ、背中を小さく震わせ息を詰まらせた。

蒼司は菜那を抱きしめたままソファーに寝転び、菜那は大きく上下に動く胸板に頬をすり寄せた。

「……菜那さん、愛してる」

頭上に優しい声が降り注ぎ、菜那は微笑みながら顔を上げた。

蒼司と目が合う。目を細めて、菜那を愛おしそうに見つめる表情に胸が痛くなるほど嬉しい。

「私も、愛してます」

ちゅっと音を立てて、軽く唇を重ねる。

視線が絡み合い、引き寄せ合うようにキスを繰り返した。

——あなたに出会えたことが奇跡のよう。

仕事に恋人、たくさんのものを失ったのに、こんなにも幸せになれるなんて思ってもいなかった。

「幸せだなぁ……」

「俺もですよ」

世界一幸せになれる蒼司の腕の中で菜那は嬉しそうに微笑んだ。

この作品に対する皆様のご意見・ご感想をお待ちしております。

おハガキ・お手紙は以下の宛先にお送りください。

【宛先】

〒150-6019 東京都渋谷区恵比寿4-20-3 恵比寿ｶﾞｰﾃﾞﾝﾌﾟﾚｲｽﾀﾜｰ 19F
（株）アルファポリス　書籍感想係

メールフォームでのご意見・ご感想は右のＱＲコードから、
あるいは以下のワードで検索をかけてください。

アルファポリス　書籍の感想　検索

ご感想はこちらから

本書は、「アルファポリス」（https://www.alphapolis.co.jp/）に掲載されていたものを、
改題、改稿、加筆のうえ、書籍化したものです。

エリート建築士《けんちくし》の一途《いちず》な執愛《しゅうあい》に
身《み》も心《こころ》も蕩《とろ》かされています

森本イチカ（もりもと いちか）

2025年 4月 25日初版発行

編集－長島恵理・本山由美・大木 瞳
編集長－倉持真理
発行者－梶本雄介
発行所－株式会社アルファポリス
〒150-6019 東京都渋谷区恵比寿4-20-3 恵比寿ｶﾞｰﾃﾞﾝﾌﾟﾚｲｽﾀﾜｰ19F
TEL 03-6277-1601（営業） 03-6277-1602（編集）
URL https://www.alphapolis.co.jp/
発売元－株式会社星雲社（共同出版社・流通責任出版社）
〒112-0005 東京都文京区水道1-3-30
TEL 03-3868-3275
装丁イラスト－カトーナオ
装丁デザイン－AFTERGLOW
（レーベルフォーマットデザイン－hive&co.,ltd.）
印刷－中央精版印刷株式会社

価格はカバーに表示されてあります。

落丁乱丁の場合はアルファポリスまでご連絡ください。

送料は小社負担でお取り替えします。


ISBN978-4-434-35634-6 C0093